オルクセン
王国史
野蛮なオークの国は、如何にして平和なエルフの国を焼き払うに至ったか
2
樽見京一郎
illustration.
THORES柴本

CONTENTS

第二部

戦争のはじめかた

第一章　それは恋慕にも似て……005

第二章　猛《たけ》き猪《しし》たち……048

第三章　戦争計画……103

第四章　エルフィンド外交書簡事件…153

第五章　戦争のはじめかた《オークシャン・ソルジャーズ》……197

第六章　白銀は招く……255

外　伝　首都新聞社 開戦当夜…288

あとがき……296

History of the Kingdom of the Orcsen
How the barbarian orcish nation came to burn down the peaceful elfland

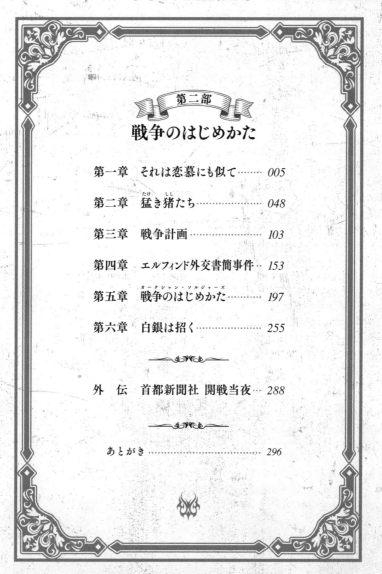

母なる大地　母なる国よ
母なる大地は　我らのもの
母なる豊穣は　我らのもの
黄金色の麦
白銀色の山河
黒き森の木々
衛《まも》るにあたりて
家族の如き団結あらば
誓ってそれを成し遂げん

オルクセン王国国歌「オルクセンの栄光《オルクセン・グローリア》」

World Map

History of the Kingdom of the Orcsen

How the barbarian orcish nation came to burn down the peaceful elfland

第二部 戦争のはじめかた

History of the Kingdom of the Orcsen

第一章 それは恋慕にも似て

豚頭族《オーク》の国オルクセン国王グスタフ・ファルケンハインは、エルフの国エルフィンドについて思わない日はなかった。

まるで、懸想《けそう》しているようですらあった。

彼と彼の率いる国にとっては、積年の仮想敵国。いまや国民のほぼすべてに加え、諸外国からの視線に至るまでそうであるに違いないと断じている国。

思量に思案、思推を重ねて当然であった。

――奇妙な国だ。

かつては、そのように感じることが多かった。

神話伝承の時代には、森と湖の妖精じみた存在という心象からは意外にも、海に乗り出していた。

世の成り立ちを目撃したという光のエルフ――白エルフたちの一部は、大船を操り、現在のエルフィンド領にあたるベレリアント半島を漕ぎ出《い》で、種族創生の神に導かれるままに、西方にあるとされた理想郷を目指したという。

航海は非常に困難なものであり、多くの脱落者や犠牲者を伴ったものの、やがて到達に成功したらしい。

半島から西――北海を挟んで対岸にある大ログレス《グレート・ログレス》島、つまり現キャメロット側にはエルフたちが辿り着いた伝承や碑、遺跡などが残っているから、まんざら神話上だけの話とも思えない。

実際に、そのような航海はあったのだろう。

現地の英雄王の手助けをしたであるとか、新たな国を興したであるとか。あるいは、更に西へ西へと旅立ち、遠く海を隔てた新大陸にまで到達したであるとか。そんな伝承も残っている。

――ところが。

艱難辛苦の挙句、到達に成功したはずの「理想郷」のいったい何が気に食わなかったのか、エルフィンドに伝わる伝承では、エルフたちは新たな指導者を仰ぎ、ベレリアント半島へと戻った。

そうして、世の成り立ちのとき、創世の神も降星の光も得ることなく半島に残留した者たちとともに、現エルフィンドの原型を芽生えさせた。

指導者によって国境だと定められたシルヴァン川以北に閉じこもって、狩猟や、木の実、茸類《きのこ》といった森からの恵みに糧を得て暮らしていくようになる。自然の産物のみを糧としていくことは、その「新たな指導者」が定めた法のひとつであった。

更に次代の指導者になった三代目の「女王」は、そこへ変化を起こした。

禁忌だったはずの、耕作、採鉱と鍛冶、伐採。それらを行うようになり。

詩作や楽曲、舞踊といった、こんにちまで残るエルフ系種族の文化的側面も広めた。

この女王は流行り病に倒れたとも、巨狼族《アンフアングリア》の祖に食い尽くされたとも伝わる。

農業や産業の端緒を興した点については、これもまた、事実であろうとグスタフは思っている。

古代のベレリアント半島で既に三圃《さんぽ》式農業が行われていたという記録は、当時のエルフィンドを訪れた人間族たちの滞在記等によって、大陸周辺国側にも残っており、かなり古いのだ。

周辺国のすべてがまだ原初的な農耕をやっていたころで、ちょっと異質なほど。鉄を鍛工し始めたのも相当に早い。

つまりこの民族は、海洋、狩猟、そして農耕、鉄器と、そんな文明発展史全てを経験したことになる。

いくら人間族よりも優れている種族だとされていても、ひとつの民族に起こり得ることなのだろうか。

だが、そんな民族もまたあり得る、十分あることだ、そんな歴史だってあるだろう、その程度にかつてのグスタフは考えていた。

だが――

いまや三番目の女王が転生者――このオークとなった我が身と同じく元人間だったと聞かされ、考えは変わった。

なるほど。

私のような者が実際にいるのだ、それもまた事実なのやもしれぬと思えた。そう考えれば、異様に早く、周囲との相乗もなく突如として現れたようにさえ見える農法にも、納得がいく。

エルフィンドには、転生者を表す古語まで存在した。

女王だけでなく、エルフに生まれ変わり、あるいは人間の姿のままで、多くの者が訪れたと。国造りを手伝ったという伝承も。

そして。俄《にわか》には信じられないものの、原初のエルフ族には男女の別があり、他種族と同じように雌雄の営みによって子を成していたが、より完璧な存在となるために三代目女王が女性だけにしてしまった、そんな神話が残っているとも。

現在のエルフ族とダークエルフ族が実際に女性ばかりの種族である以上、これもまた何らかの史実的断片を示しているのかもしれない。

すると、はたと思いつくものがあった。

ひょっとして。

三代目女王より以前の、「神」とされた存在も、「新たな指導者」とされた存在も、元人間だったのではないか。

そのように考えると、何もかもがすっきりとする。

元人間たちは、それぞれが理想とするエルフの姿や国を、実現しようとしたのではないか。

――だから、彼女たちはすべてを経験した。

おそらくだが。

創世時の、エルフたちの原初の姿は、本当に楚々として、無垢で、邪心の欠片《かけら》もない、森の妖精じみた存在だったのではないか。それを次から次に現れた転生者たちが、変質させてしまったのではないか。

もちろん、個々の転生者たちに悪意などなかったのであろう。彼らは己が抱く理想のままに、エルフたちに知恵を授け、愛し、守ろうとしたのかもしれない。

だが、その変質が――

徐々に大きくなり、いつしか決定的な踏み外しをやり、現在におけるエルフィンドの歪《ゆが》んだ姿を生み出してしまったのではないか。

最初の挫折が、海へと――諸外国へと目を向けることを捨てさせ、聖地とされる国境を奉じ同族だけで閉じこもろうとした思想が他種族への差別と侮蔑を生んでしまい、ついには同根種族であるはずのダークエルフ族までをも排除する現状へと至った――

――だとすれば、なんという悲劇だ。

私自身にも責任がある。あの国への侵略を控えた結果、間接的に彼女たちの種族としての結束を損なってしまったことは、間違いない。

――出来れば、もうそっとしておいてやりたい。

己の中の、人間だったころのままの心はそう囁く。

だが――

いまや私はもう、オークの王。

全てを貪欲に喰らい尽くすとされている、粗暴で、凶悪な存在だとされる種族の王。

俗に「魔王」と呼ばれる存在そのものだ。

我が種族と、志や糧を同じくしてくれた他種族と、この国オルクセンを守らねばならない。

そのためには。

――エルフィンドを滅ぼす。

この結論に達したのは、いつのころからだったか。そしてその意をあらたにするのは、何度目のことか。

この国を率いるようになったころには、そんなことはまるで考えなかった。ただ、皆で幸せに暮らしていければそれでよかった。他国にかまっている暇などなかった。

でもいまは違う。

それでは駄目なのだ、理想だけでは誰も守ってやれないのだと気づかされたのは、聖星教教皇領が我らを指弾したとき。あのデュートネが攻め込んできたとき。

――だから、エルフィンドは、滅ぼさなければならない。

ただ戦争に勝つだけではいけない。

──滅ぼさなければならない！　我が国の一部にしなければならない！

何故か。

──国民感情に応えるため。

それもある。

この国へとやってきた皆を受け入れぬ選択など、私には出来なかった。例えそれがエルフィンドとの戦争を不可避にしてしまったのだとしても。

だがそれは、私にとって本当の理由ではない。

そうであってはならない。

彼らの感情を、私の言い訳にしているに過ぎない。

卑怯な真似だ。許されることではない。

私自身が、エルフィンドを欲しているのだ。

そうでなければならない。

──私自身と、この国のため。

あと三〇年ばかりすれば、人間族の国々は、我ら魔種族の能力を科学技術で乗り越えてしまうだろう。

人間族自らの力でコボルトの魔術通信を超える無電通信を成し、大鷲の飛行能力を超える飛行機を生み出し、オークでさえ一撃で吹き飛ばせる火力を手に入れてしまう。

刻印式魔術以上の冷蔵技術を作り出し、食料保存技術を自力で手に入れ、化学肥料や近代農法で生産力を向上させ、あっという間に人口を爆発させてしまうのだ！

我ら魔種族の頭数は、増えにくい。

だが同時に不老長寿で、深刻な外傷や疾病さえ負わなければ不死にすら近い存在だ。

国民のうち、そのほぼ全てを成年者と数えることができ、これは膨大な労働従事者や兵役可能者を有しているということでもある。つまり、単純に人間族諸国家とは比較できないが――

三〇年。

三〇年。

三〇年。

たったそれだけの年月のうちに、決してこの国には手を出してはいけないのだと、周辺国全てから憚《はばか》られ、畏《おそ》れられ、敬われる存在にならなければならないのだ。

自領域に閉じこもるという、エルフ族たちを導こうとしたであろう元人間の判断は正しい。

だが、方法が間違っている。

エルフィンドのとった方法は間違っている。

我らは魔術に加え、人間族と同じかそれ以上の科学力をも身につけ、頭数の増えにくさを互いの能力で補い合わなければならない。

家族の如き融和のもとに暮らし、国家存亡の危機には団結して立ち上がる意思を持ち、それでいて喧嘩を売られない限り人間族の国々を害するつもりなど毛頭無いのだと、周囲から信じきられる存在にのし上がらなければ。

そうやって、閉じこもる。

――だから私は、エルフィンドを滅ぼす！

オルクセンには、あまり舐《な》めた真似をすると立ち上がる意思もあるのだと、周囲に一度は示しておかねばならない。

だがそのためだけではない。

新たな耕作地のため？

――否！　それはもはや自力で成した。

北海の魚介を得るため？

――それはいまでもやれる。

ならば何を欲する？

――鉱物資源だ。

私はそれを欲する。

もうずっと以前、ドワーフ族たちに工業を興すよう命じたとき、私は驚いた。

彼らがベレリアント半島の領地で作り出していた、モリム鋼《ミスリル》。

その組成を知って驚いた。

あれは神話伝承上の、夢物語の存在などではない。

――クロムモリブデン鋼だ。

ダークエルフ族たちが、民族特有のものとして用いている、あの山刀も同様だ。

彼女たちはそれを高価で貴重なものだと言っていた。

採鉱、鋳造技術を持つドワーフたちを追い出してしまったため、技術が廃れ、大量製造できなくなってしまったのだろう。我が国でさえ、大規模鋳造出来るようになるまでには、たいへんな時間がかかってしまった。

——つまり、あの半島には鉄鉱石と、クロムと、モリブデンが埋まっている。

将来、いまよりずっと規模が大きくなり、ありとあらゆる資源の活用が必要になってくる戦争において、欠かせない鉱物がある！

この世界は、私がかつていた世界とどこか微妙に似ている。つまり、この国には現状では不足なくとも、将来的にはまるで足りなくなるであろう資源が。

きっと、求めてやまない他の資源とともに。

——エルフたちのおかげで、ほぼ手付かずのままで。

あれさえ。

あれさえあれば。

この国は、閉じこもることが出来る。

いざというときの、備えが出来る。

人間族の国たちが彼ら同士の大規模な戦争に疲れ果て、犠牲の多さに慄《おのの》き、ゆえに成熟し、他国とは——少なくとも大国同士では戦争など起きなくなり、握手しながら睨《にら》み合うだけとなる時代まで。

だからエルフィンド。

——私に喰われてくれ。
哀れみも、同情も、憐憫《れんびん》さえも覚えるが。
——私の国と、私の民と、なによりも私自身のために滅んでくれ！
ようやく自分を納得させることが出来た。
戦争を起こせば、全責任は私にある。
他の誰でもない、私だけに。
私だけが負わなければならない。
そうでなければならない。
開戦の意思は、まず以《もっ》て私自身に存在しなければならないのだ。
そうでなければ。
そうでなければならない——

「……グスタフ」

胸の上の辺りで声がした。
寝台で仰向けになった私の、その上に覆いかぶさるようになって眠っていた、私の女。
半月ほど前から、こんな私の、すべてを受け入れてくれるようになった女。
ディネルース・アンダリエルの声だ。

起きていたのか。起こしてしまったのか。

彼女は私を見上げ、無言になり、そして躊躇《ためら》いの響きを伴いながら言った。

「……貴方、グスタフ。なぜ、そんな怖い顔をしている？」

そんな顔をしていたのか。そうか、そうだろうな。私はいま、どうすれば一つの国を滅ぼせるか、そればかりを考えていた。

それは、言えない。

これは私の、私だけの抱えておくものだ。

言えない。

君には、とくに――

「話せ。話して楽になるなら、話せ。私に秘密を持とうとするな。もはや私は貴方の女。貴方の何もかも受け入れてやる。だから話せ」

――………。

君は。

君は。何てことを言うのだ。

やめろ。

私の仮面を剥ぐな！

やめてくれ！

……だが。

だが、ありがとう。ディネルース。

☆☆☆

☆☆☆

盛夏である。

星暦八七六年は、八月半ばを迎えようとしていた。

このような季節になっても、オルクセン首都ヴィルトシュヴァインはたいへん過ごしやすい。一年でもっともよい季節だという者もいる。

最高気温はおおむね摂氏二五度以下で、朝晩の最低気温はそれより一〇度ばかり低いくらい。湿気がなく、むろん動きまわれば汗ばみもするが、木陰にでもひそめば清涼がある――そんな夏の国だ。

「そうですか。もうそんなになりますか。モーリントン公が亡くなって、もう二〇年に」

コーヒーカップに目を落とすオルクセン国王グスタフ・ファルケンハインの様子を、キャメロット王国外務省在オルクセン駐箚《ちゅうさつ》公使クロード・マクスウェルは興味深く、ただし彼の国の支配階級にある人間らしく慎みを持って、見守っていた。

彼は、この魔種族の国に赴任してまだ日が浅い。

オルクセン国王へと信任状を奉呈したのは、この年の頭のことだ。

母国キャメロットの近衛騎兵連隊将校の出身で、既に外交官としても道洋の地で書記官、領事、代理公使の経験があったが、正式な在外公使としての経歴はオルクセンが初めての赴任地になる。

経歴の割には、まだ若かった。将校から外交官に転じたのが早かったのと、親の爵位が影響している。ほっそりとした線の細さがあり、道洋に赴任している諸国外交団のなかでは迫力負けすることがあったため、オルクセン赴任前に口髭を生やすようになった。

この日は、本国からの書簡を一通、王のもとへ届けにきていた。

内容は、どうにかエリクシエル剤の輸出量を増やしてもらえまいかという通商筋からのもので、王は明朗な態度で前向きな返事をし、そのあと彼の誘いで気さくな座談の席になったというわけだ。

「モーリントン公は、偉大な将軍でしたよ。攻めにもお強かったが、粘り強く軍を展開されること、他者には決して真似できない間合いでそれを維持することに真価を発揮される御方でした……」

オルクセン国王が語っているのは――

六〇年前のデュートネ戦争、あの星欧中を巻き込んだ大戦争で、キャメロットの大陸派遣軍司令官を務め、グロワールが生んだ戦争の天才アルベール・デュートネを打ち破り、祖国に勝利をもたらしたサー・デューク・モーリントン公爵《デューク・オブ・デューク》のことだ。

いまからもう、二〇年ばかり前に亡くなっている。

「あのとき、我らはオルクセン西部国境を越え、決戦の場を目指していた。すでに公とは連絡もついていました。ですが、ずいぶんと遅れてしまっていた。前哨戦とも呼ぶべき戦いの結果、口糧も尽きかけ、一時後退せざるを得なかったのです」

「…………」

「きっと内心、ご不信にもなられたことでしょう。魔族の軍隊と約定など結ぶのではなかったと。ですが公は我らとの約束通り、あの戦場――最終決戦の地アリアンスに布陣し、デュートネの大陸軍と壮絶な戦いを開始されておりました。いまでも思い出します。星暦八一五年六月一五日。偉大な一日だった。貴国にとっても我らにとっても栄光の一日となった日です」

　静かに、懐かしむように、ゆったりと話すオルクセン国王の話術は巧みだった。合いの手さえ忘れ、つい聞き入ってしまう。その低く響く、声が良かった。六〇年前の戦場の様子を、まるで見てきたかのように――いや、実際に王が目にした光景をありありと語り、描きだしていた。

「我ら一二万五〇〇〇の兵が戦場に到着したのは、あの日夕刻近く。公の軍の左翼を崩し、あの老熟した近衛軍団までもが突入を始めていたデュートネ軍の、側背を突くことに成功しました。私の隣で、全軍の指揮を預けていた、我が宿将シュヴェーリンの奴が叫びましてね」

――黒旗を上げよ、息子たち！　捕虜もいらぬ！　慈悲もいらぬ！　突撃せよ！

　軍楽隊が吹き鳴らす「オルクセンの栄光《オルクセン・グローリア》」とともに、オルクセン軍一二万五〇〇〇が無数の黒き軍旗を高々と掲げ、青銅砲を放ち、一挙に駆け、最初から着剣したマスケットライフルを長槍のようにして一斉射撃。地響きを立て、津波の如き奔流となって、戦争に勝ちかかっていたデュートネ軍側面に突入する――

マクスウェルは震えた。歓喜のものだ。

それは王の語るように、祖国キャメロットにとっても、オルクセンにとっても、栄光の日、栄光の瞬間――

そして彼の祖父もその場にいた。近衛騎兵連隊の将校として。

「あの戦場で勝ったのは我らオルクセンではありません。粘り強く布陣され、絶妙の間合いでほんの僅かにだけ全軍を後退させたモーリントン公です。あの方の不動の精神こそが勝たれたのです。全てが終わって合流できたあと、私自身が公にそう申し上げました。貴方は偉大だ、貴方こそが偉大だ。すると――」

ごくり。

マクスウェルは息を呑む。

『馬鹿なことをお言いでないよ、オルクセンの国王さん。私が勝ったのではない、我らが勝ったのだ。私と、貴方が勝ったのだ』

そのモーリントン公の発言は、たしかに記録されている。

一言一句違わず。

だがキャメロットの軍出身者としては、少しばかり後ろめたさもあった。

キャメロット陸軍は、負けかかっていた最終決戦の地で、オルクセン軍戦場到着こそが逆転をもたらしたのだと大っぴらに伝えるわけにもいかず。軍刊行のモーリントン公伝記や公刊戦史には、発言の前段部分ばかりが記されることが常だったからだ。

だがしかし戦場での経過記録を見れば、間違いなく、どう考えてもオルクセン軍がいなければキャメロット軍は勝てなかった。壊走するグロワール軍を追撃したのも、疲れ切ったキャメロット軍主力ではなく、オルクセン軍が大半だった。

オルクセン王の語り口の素晴らしいところは、そんな部分にはまるで触れず、慎重に自らを遜《へりくだ》り、公とキャメロット軍を徹底的に持ち上げていたところだ。

その点に関してモーリントン公本人がどう思っていたかは、もはや定かではない。

しかしながら、ひとつのヒントのようなものはあった。

デュートネ戦争が終わってから、モーリントン公はキャメロット陸軍総司令官を経て、貴族院議員になり、そして首相になった。

実は軍人としては偉大な英雄であっても、政治家としての彼は決して有能なほうではなかったのだが、歴史的にみてひとつの大きな外交条約を結ぶことに成功している。

――キャメロット・オルクセン修好通商条約

それは人間族の国と、魔種族の国オルクセンが初めて交わした外交通商条約だった。両者の正式な国交は、そこから始まっている。

条約締結は、魔族の国オルクセンが人間族の国々と公式な交流を持つきっかけとなったものであり、それまでは教皇領や聖星教《スタリック》との絡みでむしろ星欧の爪弾《つまはじ》きになっていたオルクセンを、外交の表舞台へと立たせたものだ。

もちろん、これを成し遂げた主たる要因には対デュートネ包囲網に参加して血を流したオルクセン自らの努力がある。

また歴史的にみれば、こんな条約を真っ先にオルクセンと結ぶことが出来たのは、星欧列商各国のなかではキャメロットだけに可能であった真似とも言えるかもしれない。

キャメロットは、聖星教と教皇領の影響下からかなり早くに離脱した国だった。

これはずっとむかしの、やや好色にして傲慢なキャメロット国王がなかなかのものだった醜聞《スキャンダル》を起こし、聖星教の教義に反してしまったため、自らを祭主とする別宗派を立てたからなのだが。それゆえに倫理観の部分において解釈が自由で、他の星欧国家ほど、オルクセンに対する宗教的嫌悪感を持たずに済んだ。

そういった要因はあったにせよ。

マクスウェルは確信している。

修好通商条約の締結は、モーリントン公個人から、オルクセン国王への恩返しだったのだ。あの戦場で危機を救ってくれたことへの。

締結から五〇年――

オルクセンはもはや、キャメロットにとって欠かせぬ外交相手国の一つになっている。

まず、未だ警戒すべき相手であり、キャメロットとしては長年の対立国であるグロワール第二帝政国へと、ともに睨みを利かせてくれること。

平時においては、グロワールの兵力の幾らかを東部国境に引き付けてくれる役割を果たしている。不幸にしてキャメロットとグロワールとの間に戦争が起こった場合、同国の背後を突いてくれるか、あるいは好意的中立を保ってくれることを期待していた。また同時に、近年においてやはりキャメロットと対立することの多くなったオルクセン東隣の大国、ロヴァルナ帝国を牽制してくれてもいる。

またひとつには、有力な海外投融資国となってくれていること。

海に乗り出し、遠く道洋《グラント》の、絶道《ロード・エンド》といえども交易の手を広げるキャメロットには、幾らでも金が必要だった。

対してオルクセンは、星暦八七六年現在、国家歳入一四億ラングという有力な列商国——諸国中第三位というところまで成長していたが、その本質は内陸国で、まったくありがたいことに海外植民地の獲得などには興味を示さず、またその国内投機は落ち着いてきている。

結果としてファーレンス商会のような大資本や富豪の余剰となった資金が、どんどんとキャメロットの外債を購入し、企業へも投資や融資をしてくれており、これが果たしているキャメロット経済発展への貢献は大きい。

また、オルクセンそのものが交易相手国として、もはや欠かせぬ存在であること。

こんにちの魔種族たちは、星欧大陸に閉じこもっているばかりではない——

マクスウェルは、見事なコバルトブルーの装飾を施されたカップを傾ける。

「よい香りです……南星大陸産ですか？」

「ええ、公使。フェルナンブコ産です」

芳醇な中煎りのコーヒーは、彼ら魔種族が産地から直接輸入した豆を焙煎したものだ。

オーク王の巨大な執務卓の背後に飾られた、遥か道洋の素晴らしい磁器の大皿も同様である。

もちろん、輸出にも力を傾けている。

オルクセンの作り出す工業製品の多くは、星欧諸国で最初に産業革命を行ったキャメロットから見ればどれも自国生産可能な製品ばかりだったが、有望な食糧及び石炭、繊維関係の輸出国であり、何よりも魔術関係だけは彼らの力を頼るしか方法がなかった。

あの偉大なる刻印式魔術。

あの冷蔵保存の術が施された金属板は、たいへん高価なうえに輸出量は皆無に等しい。だからこそキャメロットの海運業にとって喉から手が出るほど欲しい代物だ。

例えば、キャメロットは島国でありかつ食料自給率の低い国であるがゆえに、星欧大陸や新大陸、植民地大陸から食肉そのほかを輸入する際、あれがあるかないかでまるで話が異なってしまう。

オルクセンの医薬品製造業社が作り出す、エリクシエル剤も貴重だ。

これまた高価だったが、この霊薬は人間族にも使える。とくに戦時における強力な医薬品として。

ここ近年のキャメロットにとって、星欧東方地域や道洋方面における対ロヴァルナ情勢はどうにもきな臭く、なんとしても輸入量を増やしたいところ。

一外交官、一個人としても、オルクセンは非常に興味深い国である。

これはキャメロットに限らず、星欧諸国の外交筋ではちかごろ一種の不文律になりかけているのだが、各国の外交官たちはグスタフ王の雑談を聞きたがった。

彼はもはや、間違いなく星欧諸国の外交界における長老的存在だったのだ。

デュートネ戦争。その講和会議。

キャメロット以降次々と結ばれた、列商各国との通商条約。

ちかごろでは、レマン国際医療条約。

二〇年ほど前には、星欧東方鉄海方面で起こった大規模戦争の、講和条約仲介役の労をとったことすらある。

こんにちの星欧諸国の体制を作り上げた、そんなもの全てを経験し、生き残っている者は人間族の国々にはもういない。

オルクセン国王は魔種族の不老長寿、不死にさえ近い身ゆえそれらの機微を語れた。たとえ王の巧みな話術がなくとも、外交筋としては興味のある話ばかりだった。外交という名の魔物には、公文書に残っていない裏話が、ごまんとあったからだ。

そのようななか、星欧外交界には一つの定評が生まれていた。

――オルクセンの王は人間族を欺かない。

――オルクセンは外交盟約を違えない。

あのデュートネ戦争の最終決戦に、モーリントン公との約定通り戦場へと駆け付けたように。

「マクスウェルさん」

「はい？」

「これは少しばかり長生きしてしまった私からの、各国の若い外交官の皆さんにお伝えしたい座興として、耳を傾けていただけますか」

「ええ、もちろんです。陛下」

「外交官として求められるものは何か、というお話です。ずっと昔に、当時のフロレンツの使節から伺いました。いまでも本質において変わらぬことと思います——」

まず、相手国の統治者がどのような性格かを掴むこと。

これから手をつけねば、公的なものはまだしも、個人としての親交を結ぶことは難しい。

つぎに、外交官自身が自らの「評判」を赴任国で上げること。

評判とは、立派な人物だという評価を獲得することである。才のある人物、ではない。才があるに越したことはないが、それに溺《おぼ》れてはいけない。立派であること。誠実であること。これが評価され、相手からの信用に繋がる。

そして本国への詳細な報告書を上げること。

定期的であることが望ましい。自らが観測したこと、その経緯。相手国でどんなことが起こっているか。自らの意見も述べておくことが望ましいが、それは最後にし、事実と個人見解は分けること。

これらのため、なるべく多くの友誼交流を結ぶこと。面識や親交は、また新たな別の交流を生み出し、これは即ち外交官個人にとっての情報網ともなる――

「なるほど。外交官における黄金律の数々と申すほかありませんな」

「でしょう?」

グスタフはにっこりと頷《うなず》き、

「しかし弱ったことに、自らの見解をつけても若いうちはこれを無視されやすい。真面目な者ほどへこたれそうになる」

「確かに……」

身に覚えのあることだった。

「そのようなときは、相手の名を御利用なさい。貴方の場合でしたら、私の名を。貴方のように立派な方には卑怯な振舞いにも思えるかもしれませんが、王がそのように言っていた、たった一文これを付け加えるだけでたちまち説得力を増します。件《くだん》のフロレンツの使節曰く、言葉だけでなく、何か傍証となるものをつけることも良いようです」

「なるほど……いや、しかし、それは……」

恐懼《きょうく》するマクスウェルを前に、グスタフは机上から国王官邸の透かし入りメモと、ペンとを取り出し、さらさらとキャメロット語で何かを書き始めた。

そうしてそれを書き上げると、マクスウェルに示した。

「公使。ひとつ、これを進呈致しましょう。おそらく貴方が、そしてご本国が、いま一番ご関心のあることだ。あなた個人の実績を増すものとしてご利用なさい」

それにはこう記されていた――

現状では、我がオルクセンはエルフィンドとの戦争など望んでいない。

貴国のご尽力と、先方の外交関係改善の意思に期待している。

而《しこう》して不幸にもエルフィンドと開戦となった際には、オルクセンは在エルフィンドのキャメロット権益を保護する。また戦後これを復することを考慮する。

またこの戦争が起こったからといって、オルクセンの対グロワール及び対ロヴァルナ防備が疎かになることはない。

エルフィンドと戦うからといって、オルクセンは人間族諸国家の如何《いか》なる領土にも、海外領土の獲得にも興味はない。かつて、モーリントン公と私とが約した通りに。

その条件をもとに、オルクセン・エルフィンド間の戦争が勃発した際には、キャメロットの好意的中立と、グロワール及びロヴァルナへの牽制とを期待する。


マクスウェルは息を呑んだ。

たいへんな代物であったからだ。

流石《さすが》にサインまでは入っていなかったが、確かにそれは本国も、彼個人も、あるいは周辺国全てが気にかかっていることであり、どうにか機微を探ろうとしていたものばかりだった。

キャメロットへと、エルフィンドとの仲介を依頼しているものと捉えることも出来た。

こんにちの世界では、外交上の仲介役を務めることには大変な労苦があるが、同時に自国の権威を大幅に高める行為でもある。

もちろん、諸条件としては、オルクセン側がキャメロットに気を使っている点も、彼の自尊心と愛国心とをくすぐった。

これをもたらせば、本国外務省での彼の評価はゆるぎないものになるだろう――

「では公使。今日はありがとうございました」

マクスウェルは非常な喜色を隠すことに苦労しつつ、辞去した。


すぐに、隣室に潜み控えていた一頭のオーク族がやってきた。

フロックコート姿。巨躯、精悍、魁偉。グスタフの有能な臣下のひとりだ。

「如何《いかが》でしたか、王?」

「ああ。上手くいったよ」

グスタフは苦笑しつつ、応じた。

「すまないな、ビューロー。本来なら君の顔を立てるところなのに」

「なにを仰《おっしゃ》います」

オルクセン外務大臣クレメンス・ビューローは微笑《ほほえ》んだ。若干、ごついところのある笑みだ。

グスタフのほうでは、うん、ビューローのやつは文句なしに有能なんだが。もうちょっとこの野盗のような笑顔はなんとかならんものかな、などと思っている。

一方、彼の腹心のひとりである外務大臣ビューローは、なんだかこの御方の仕事ぶりは、以前にも増して脂が乗ってきたな、何かあったのか――そのように感服していた。

「王が。我が王がことにあたられるのが一番早い」

「言ってくれるなあ。私は君の外交手段のひとつか、ええ？」

「はい」

「ふふふふ。即答か。さて、午後の会談はだれだ？　アスカニアか？」

「はい、我が王。アスカニア公使は若干権威主義的なところがあります。彼の人柄上、次は私も同席させていただきます。二対一でたじろいだところへ、私は厳しめのことを言い、我が王には慈悲を以《もっ》て接していただく。そして王からこちらの要求を飲み込ませる。そんなところで」

「うん、外交とはまさに交流。相手の性格を読むことだな。ああ、そうだ、なんならそこにアドヴィンを寝そべらせておくか？　三対一になるぞ？」

「結構ですな」

「しかしなんだ。人間たちは私をたいへんな年寄り扱いするから、そんな口調で話してやるのは何ともいえん気分になるな。私はオークとしてはまだ若いんだが、な……」

「ふふふふふ」

彼らはここのところ、各国公使たちと会談を重ねてばかりいた。

各国に赴任している、オルクセン側の公使たちも同様である。

戦争とは――

軍事力だけを頼りに始められる代物ではないからだ。ロザリンド会戦のころの昔ならいざ知らず、いまや全く以てそうではない。

周辺国への牽制、懇願、搦《から》め手。交渉、妥協、妥結。

エルフィンドを攻めるに際し、オルクセンの外交的軍事的背後を安全たらしめるため、ありとあらゆる手練手管《てれんてくだ》を投入していた。

いま少し、人間族たちの言うところの、大儀名分という名の曖昧《あいまい》なものを欲してもいる。

確かに、オルクセンは歴史的に見てエルフィンドとは因縁がある。

だが、因縁だけでは戦争は吹っ掛けられない。

やれないこともなかったが、それでは勝てたとしても、周辺国の信用を失うのはこちらになってしまう。

そのきっかけを得ようと、アンファングリア旅団編制という手段による、シルヴァン川流域での虐殺行為暴露により、何らかの反応があるものとばかり思っていたのだが。

――エルフィンドは沈黙したまま。

まるで何の反応も示してこないのだ。

オルクセンの外交政策のひとつ、エルフィンドの星欧諸国からの孤立化を深めるという方針に合致して、人間族の国々が持っていた、あの国への心象を複雑なものにすることには成功したが、いまひとつ決定打が欲しかった。

だからキャメロット公使に「先方の外交関係改善の意思に期待している」と伝えたのだ。

これは巧妙かつ老獪《ろうかい》な手と評してよい。

オルクセンは、少なくとも書簡のかたちでエルフィンドの公式見解を求めていると、キャメロットの外務省はエルフィンドに齎《もたら》すだろう。

間接的に煽《あお》っている。

そうやって煽っていながら、周辺国には「喧嘩を吹っ掛けられた場合にしかエルフィンドとの戦争など考えてもいない」と見えるようにしているのだ。実際には、エルフィンド側に妥協できることは何一つないと知りながら。

外務大臣ビューローが主君への感嘆を重ねていたのは、それが理由だった。

おおよそかつてのグスタフなら、絶対にやろうとしない真似だ。

グスタフ自身の対外信用度まで手段にした、寝技極まりない外交である。マクスウェル公使を見れば端的にわかる。喜色満面で退出したが――利用されたのはあの公使のほうだ。

まあそれについてはキャメロット外務省にも非があるがね、とビューローなどは思っている。

相手の老練に感嘆しながら、その老練を見抜けもしない初任の公使を送り込んでくるような真似をするからだ――

グスタフと、ビューローの率いる外務省とが長い年月をかけて練り上げた人間族周辺国との関係と能力は、まさに円熟していた。そしてそれをオルクセンの歴史上初めて、明確に、怜悧《れいり》に、狡猾《こうかつ》にさえ用いようとしている。

実際に戦争を始めるには、まだいま少し時間も準備もかかる――

彼らはそのように判断していた。


ダークエルフ族による戦闘集団、アンファングリア旅団の騎兵連隊各中隊による国王官邸警備は、すでにその制度が始まって最初の一巡を終えていた。

同旅団の旅団長にしてオルクセン陸軍少将、そして今や残存ダークエルフ族全ての代表を務めるディネルース・アンダリエルの日常にも、少しばかり変化が起こっている。

――少しばかり。

いや、かなり。相当な変化と呼んでもよかった。

端的にいって、オルクセン国王グスタフ・ファルケンハインの女になっていた。

それは彼から制されたのではなく、彼女から国王をこれと見込んで、自ら飛び込んでいったようなもので、実にディネルースらしい振舞いの結果だったと評していいだろう。

最高の気分であった。

ちかごろでは、その喜びも深くなっている。

当初グスタフ王が懸念し、実のところディネルースの側でも内心怯《おび》えを抱かなかったわけでもない件については、かなり苦労や困惑、驚愕《きょうがく》もあったものの、どうにかそれを乗り越えることができ、徐々に馴染《なじ》んでいく夜を重ね、ここ最近に至っては更に手に手をとりあって協力もし、悦《よろこ》びを分け合い、より高みを目指そうという段階にまで来ていたからである。

あるいはこれは彼女たちに限らず、交歓を求めるまでに至った知的生命の雌雄にとって等しく訪れる、いちばん楽しい時期にさしかかっていたと言ってもよかった。

日常においても、恋仲となってみると、グスタフは以前にも増して微に入り細に入った配慮をしてくれる男だった。

そのような配慮に、宝石や花束を用いぬところがよかった。

ディネルースは、そのような類のものは欲さない女だったからだ。

贈り物を喜ばないわけではない。彼女の嗜好に合っているかどうかであった。あちらもそう己を理解してくれているのだと、これそのものが嬉しくもあった。

まず、これは彼との関係が深くなる直前のことだが、非常に高性能の野戦双眼鏡を贈ってくれた。

それ以前のものと大きさはあまり変わらない。若干重くなったようには思う。

なんでも、三稜鏡《さんりようきよう》というものが内部構造に含まれていて、光を屈折させ、その精緻な仕組みがより遠くの光景をくっきりと見えさせるのだとか。

難しいことはよくわからなかったが、試してみて、一度に惚《ほ》れた。

まだ試作品にちかく、精巧に過ぎ、ひょっとすると軍の蛮用には向かぬかもしれないとのことだったが、そのときはそのときだ。以前のものを使う。あとで値段を知り、若干気が引けぬわけではなかったが。将校の給料なら、半年分は吹っ飛んでしまうらしい。

次に、グロワールの海藻石鹸《せっけん》。各国王室御用達品。泡立ちがよく、そのひとつひとつが繊細であり、香りは楚々として、たいへん使い心地のよいものだった。

国王官邸の、グスタフの居住区の浴室で覚えた。

そこで、真鍮《しんちゅう》製の石鹸置きにおさめられているのを使い、知ったのだ。

意外に思う者もいるかもしれないが、日常におけるオーク族は清潔を愛し、尊び、習慣にしている。

彼らの種族の祖が、野にあっても丁寧に寝床をしつらえる習性をいまでも引き継いでいた。

ゆえに彼らのシーツはいつも清潔に交換され、洗濯と糊の行き届いた衣装に袖を通すことは当たり前だと思われていて、星欧諸国ではたいへん珍しいことに風呂に毎日入る者も多い。

彼らの作り出す街が質実剛健でいながら清廉で、上下水道の別まであるのもそのあたりに起因する。

なるほど、グスタフの淡く桃色がかった白い肌が、いつも嫉妬を覚えるほど心地よいばかりなわけだと納得していると、ディネルースにも分けてくれた。

「これはよいものだよ」

と――

そして、オルクセン産の香油である「不思議な水《アクア・ミラビリス》 七九二」。

これは本来紳士用のものだが、いまからずっとむかしの、星暦七九二年にオルクセンの小さな薬局で生まれたという化粧品である。オレンジなどの柑橘類を主体に、幾つかの種類のハーブ、アルコールと、産地の岩清水を調合。さらにそれを樽で二か月ほど熟成させたもの。

たいへん清楚な香りがし、なによりも素晴らしいのはその香りにくどさというものが一朶《いちだ》もないことだ。グロワールなど諸外国の香水にありがちな、押しつけられるような、あくの強さ、品のなさは微塵《みじん》も伴っていない。オーク族は鼻がたいへんよく利くから、逆効果とならないよう、極めて慎重に調合されている。

これは珍しく、ディネルースのほうからねだった。

グスタフが愛用していて、その香りに接し、ふだんそういった類のものをまるで用いない彼女でさえ気に入ったのだ。

香油だけでなく、同じ製造会社が作っている乳液や、整髪料もひと揃いにして贈ってくれ、首都で扱っている店も教えてくれた――

この日、八月半ば土曜の朝は、ふたりとアドヴィンとであのヴァルトガーデンの朝市に行き、国王官邸で朝食を摂ってから、ヴァルダーベルクの衛戍地《えいじゅち》に向かっていた。

今朝は、薄く切ったライ麦パン二枚にたっぷりとした野菜、半熟に焼いた卵と、生ハムとを挟みこんでほんの少し胡椒を利かせたもので、簡素でありながら手が込んでいた。それに焼いたブルストへ、細かく刻んだ、目がちかちかとするほど新鮮な玉葱《たまねぎ》を添えた一皿。そして熱く淹れたコーヒー。

あまり品数を多くしないようにしてくれているのは、グスタフの配慮だ。さっと摂《と》ることができる。

官邸と衛戍地の距離からいって午前九時の登庁時間にはそれで充分間に合い、業務にあたれる。

彼女は毎日そういった時間組みをするようになっていた。

オルクセン陸軍将官の規定通り、おおむね朝九時から夕方四時まで昼食を挟んで勤務。多少の残務はあっても夕刻六時を迎える前には精力的に始末をつけ、夜の帳《とばり》が降りるまでに国王官邸へ騎乗で足しげく通い、また翌朝に戻ってくる――

そのような日々を過ごすようになっていた。

もっとも今日は土曜だから、街の午砲が鳴れば執務は終了だ。兵に至るまで同様の日。グスタフもまた。ダークエルフ族の民業方面でも何も問題なければ、とっとと官邸に戻ってやろうと思っていたが。

彼女が若干感心し、また感謝もしたのは。

国王官邸側の国王副官部や侍従、コック、家政の者などはもうとっくに彼女たちの仲に気づいているはずなのに、おくびにもださず、探ろうともせず、少なくとも表面的には好意的沈黙を保ってくれていることであった。

醜聞や恥事ではなく、

――あの浮名ひとつなかった国王も、ようやく。

そのように感じているらしい。

なかでも副官部部長のダンヴィッツ少佐や、同部所属で王から官庁等への使いを務めることが多いミュフリング少佐は、余計な心配をしなくていいという点で完全に信用がおけた。

彼らのグスタフへの忠誠というものは、それほどのものだ。

つい、さきごろ知ったのだが――

あの、今年の春にヴァルダーベルクへも師団対抗演習への招致を知らせにきたミュフリング少佐。

もうずっと長い間、王のもとで連絡使の役目を務めているという。

生来情けない顔つきのオーク族で、ことさら何かに秀でているようには見えないし、むしろその真逆に感じられ、伝令使に必要な馬術の技巧も格別巧みというわけでもない。日常の副官業務となるとまるで駄目。どこかが足りないのではないか、そんな牡《おとこ》に見えた。

それがいったいなぜ王の使者などという大役を。そのように他者からは思われてばかりいる。

ところがグスタフ曰く、

「あいつは、たとえ時間はかかることはあっても、必ず辿り着く。そして必ず相手へ用向きを届け、必ず戻ってくる」

そんな牡なのだという。

――デュートネ戦争中のことだ。ミュフリングは王の使いで、何度もキャメロット大陸派遣軍司令部とオルクセン軍本営との間を往復し、ただの一度も仕損じることなく役目を果たした。行程間に、グロワールの、あの戦争の天才アルベール・デュートネの大陸軍哨戒線があるときでさえ。

さきごろその話を聞かされたときには、ディネルースもまた認識を改めた。

――凄い奴だ。

とんでもない奴だと言ってもいい。

おまけにミュフリング少佐は、妙なところでその顔つきが役に立った。

彼生来の情けない顔つきを見ると、たいていの相手はその場で伝達内容を改めなければ、なんだか申し訳ない気分になってしまう。また、何か憂慮のある、よほど火急の用向きかとも思う。使いの内容が先送りになってしまうことがないのだ。

だからグスタフはずっと彼を使っている。そしてミュフリングはそんな王に忠誠を誓っている。

おそらくだが。仮にそのような機会があったとしてだが、ミュフリングになら、王への私信を託してさえ信用をおける。ディネルースはそう思うまでになっていた。

それにだ、問題は副官部にはない。

――むしろ、我が隊のほうだ。まぁ、私にも責任がないわけではないが。

そのように感じている。

ヴァルダーベルクに到着し、衛兵詰所で居並ぶ衛兵司令や衛兵たちの出迎えをうけ答礼しつつ営門を潜ると、朝のひと慣らしをしていたのだろう、営庭を騎乗で巡っていた旅団参謀長イアヴァスリル・アイナリンド中佐と出くわした。

故郷では長年、隣村同士の氏族長として姉妹のような仲をしてきたイアヴァスリルを見ると、自然とほっとした気分になる。

「おはようございます、旅団長」

「おはよう、ヴァスリー」

愛称で呼びかけ挨拶したところへ、気の利いた兵が駆け寄ってきたので、ふたりで馬を預ける。

ディネルースは愛馬シーリを軽く撫《な》でてやってから送り出した。

旅団司令部庁舎へと向かいながら、とくに何も問題はないと聞かされた。

「本当にか？」

「……ええ」

ちょっとばかり年の離れた妹のような関係にあるイアヴァスリルの表情と声音には、明らかに気遣いの色があった。すれ違う兵たちが敬礼を捧げてくるが、どこか妙な空気がある。

――ふむ。同種族同性だけの所帯というのは、ときに面倒なものだな。

ディネルースは知っている。とっくに気づいていた。察している。

旅団内で、彼女の噂が駆け巡っているのだ。

――グスタフ王との。

ひとの口に戸は立てられない。とくに、同性の集団のなかでは。

おまけにその最初のきっかけとなった出来事は、不可抗力ではあったが、彼女自身にも責任がないわけではなかった――


一週間ほど前のある朝、ヴァルダーベルクに戻ってきて旅団内をひと巡りしていると、どうも兵たちの視線が気になる。後ろからのものだ。

しばらくするとイアヴァスリルが努めて平静を装いつつ、だが実際には慌てて寄ってきて、

「旅団長。その……」

「なんだ?」

「今日は、髪を結ばれないか、急いでエリクシエル剤を飲まれたほうが……その……うなじに……うなじに、痣《あざ》のようなものが」

「…………そうか」

それが何なのか、己のことだからすぐにわかった。

――グスタフの奴！　あの馬鹿……！

たしかに原因となるような愛情表現手段の一種を供された覚えはあったが、彼女自身もすっかり芯からのぼせあがっていた時間のもので、朝にはまるで忘我の彼方にあった。

うなじのあたりから、虫に刺されたときのような痛痒感はあったから、もっと早く気付くべきだった。

平静を装ったものの、流石のディネルースもイアヴァスリルにさえ目線を合わせられず、余裕のある態《てい》で髪を解き、熊毛帽を被り直すのが精いっぱいであった。

――それからだ。噂が巡るようになったのは。

そもそも。

ちかごろのディネルースは、元々野性的な美しさがある氏族長ではあったものの、そこに同族同性の目から見てさえ円熟と、練磨と、肌艶とが加わるようになっていた。

騎兵連隊の連中のなかには、もっと早く察している者もいた。

なにしろ、彼女たちは交代で国王官邸にいる。

少将の位にあるディネルースには当然のことながら存在した、事務方補佐役たる二名の副官や、身の回りの世話をしてくれる従卒なども同様だった。

ただ彼女たちは任務や職務の性質上、官邸で見聞きしたことは一切他言無用と教育されていたから、ディネルースのこともそのように扱ってくれていただけだ。

衛戍地の、衛兵詰所で配置につく連中のなかにも嗅ぎつけている者たちはいた。

旅団長が、衛戍地すぐそばにある官舎ではなく、市街地の方向から騎行してくることに。

だが、決定的になったのはその朝の出来事であった。

さてその旅団長のお相手となると――そこは勘のいい連中だから、すぐにグスタフ王だろうと、誰しもが察した。

そのような噂が巡っているからといって、士気や練度が落ちたり、ましてやディネルースへの不信が発生したわけではない。

旅団の総員は、あの脱出行があって生き残った者ばかり、ディネルースに命を救われたともいっていい者ばかりで、彼女への忠誠はたいへんに篤《あつ》かった。

問題は――

その忠誠の篤さゆえに、非常に重たい解釈をしてしまった連中がいることだ。

――ディネルースさまは、我らのためにグスタフ王に……。

――なんと御労《おいたわ》しい……。

とんでもない誤解だった。

だがそれとて、まるで故なきこととも言えない。

彼女は実際、あの脱出行前後、グスタフ王にそのような誓いを立てたことがあったからだ。とくに渡河直後のものは、それを目撃していた者もいる。

当初はそのような町娘じみた噂の数々など、無視しておこうかと思ったが。

どうにも我慢できない。

私はいいさ。何を言われようが。

だがあの男は、そんな男ではない。

決してそんな男ではない。

そして、あの男がどれほど思い悩んだ上で、それを無理にも呑み込み、大事を為そうとしているか

グスタフを慮《おもんぱか》ってやると、無性に腹まで立ってきた。流石に放置できまい。

残存種族総員が、グスタフを頂とするこの国の民となった以上、取り除いておかねばならぬ誤解でもあった。オーク族や、オルクセンそのものへの不忠不信を招きかねない。

彼女は案を練り、吟味した。

叱りつけるのは不味《まず》い。

何か隠しているのだと思われる。

士気も下がるだろう。

噂をきっぱり消してやり、出来れば隊内の空気も明るくしてしまうようなやり方——そんなかたちが望ましい。

——うむ。グスタフ流にやるか。面倒なときは、腹芸なし。包み隠さず真実を。

彼女は、ちかごろは練度が増すにつれ余暇にはすっかり街にも遊びに出るようになった兵たちが、

午後の休暇外出を想いそわそわし始める時間、つまり彼女たちの多くがいなくってしまう前にそれを行うことにした。

旅団長室から魔術通信を、この衛戍地内に絞ったかたちで飛ばす。

口を用いた言葉ではなく、書面による通達でもない。

ダークエルフたちには通じて、外には漏れないやり方。

万が一漏れ聞こえるような場所にコボルト族でもいたときのため、慎重に言葉は選んでもあった。

「傾注。旅団同士諸君、その場にて傾注せよ――」

衛戍地内が一瞬ざわめき、すぐに静粛となった。

「旅団長である。どうにも私のことが気になって仕方のない連中がいるようだから、一度だけ告げてやる。いいか、これっきりのただの一度だけだ」

ひと呼吸つく。

「私は故郷でただの一度も獲物を仕留めそこなったことはない。いいな、私は仕留められたのではない――」

ちょっと勿体《もったい》ぶった、皆が皆、聞き耳を立ててしまうような間を置く。

「私の、この私自身の意思で、ちょっとばかり大きな獲物を仕留めたのだ。以上、終わり」

ややあって。

どっと営内に歓声があがった。そこら中で、流石は旅団長、快、快、などと叫んで、口笛を鳴らす者、楽器を取り出す者たちまでいた。

――これでいいさ。

二度と噂に現《うつつ》を抜かすやつもでまい。

むろん、最初からそうであったように外に漏らすやつも出ない。

私にはわかる。

こいつらは、そういう奴らだ。

いい連中だ。

気持ちのいい奴らだ。

最高の部下にして、同志たちだ。

ディネルースは、ふだん携えている将校鞄の中から一本のボトルを取り出した。

背の高い、たっぷりとした容量のある、褐色の陶器製。銘に「電撃《ブリッツ》」とあった。稲妻に打たれて飛び上がる猪が描かれてもいる。

すでに封は切られ、ほんの少しばかり中身は減っていた。

グスタフから昨夜贈られたばかり。

彼からの贈り物の数々のなかで、もっとも気に入り、たいへん喜んだもの。彼があちらや、こちら、ついにはオルクセン全土の蒸留所から探し出してくれたもの。

北部の、メルトメア州にあったらしい。

――極めてエルフィンド産に近い強さと鋭利のある、火酒。

ディネルースは、さきほどよりずっと範囲を狭くした魔術通信を飛ばした。

「ヴァスリー、ちょっと来い。遊び者の旅団長が、苦労ばかりかけている腹心に、いいものを飲ませてやる」

第二章

猛《たけ》き猪《しし》たち

——時節は、ほんの少しばかり遡《さかのぼ》る。

アンファングリア旅団の閲兵式が行われた、星暦八七六年七月四日。

ヴァルダーベルクの閲兵式会場を出たその一台の馬車は、旅団が後日になって国王官邸の警護衛兵交代に使うようになる経路をほぼそのまま辿って、新市街のフュクシュテルン大通りへと出て、デュートネ戦争戦勝凱旋門に面したオルクセン国軍参謀本部《グローサー・ゲネラルスタブ》前に停車した。

馬車は、豪奢《ごうしゃ》であった。

四頭曳《び》き。

ヴェーガ馬車製造会社製のヤールフンダート七四年型。

基本的な設計はオーク族の使用を考慮していて、車体は大きい。

ヤールフンダートは、オルクセン最大の馬車製造会社であるヴェーガ社にとって最高級型であり、一台一台が顧客の発注内容に応じて製造される、実質的な一点製作ものだ。

車体色、車両燈といった外装、そしてもちろん壁紙や詰め物などの内装。何もかもがヴェーガから惜しみなく注がれた技術と、同社契約先である国内最高峰の職工たちの手によって仕上げられ、顧客の好みや要望を満たす。

板バネは精緻にして精工、頑健で、頼まなくとも定期的にヴェーガ社からやってくる整備技士たちに任せておけば、軋《きし》み音ひとつ立てない。

参謀本部前に乗り付けたその一台は、非常に派手な薄桃色だった。

グロワール風の、王侯貴族もかくやと思わせる真鍮製の装飾も施されており、落ち着いた色彩やあしらいを好む者が多いこの国の民からすれば、そっと眉をひそめるほどのもの。

やはり非常に派手な復古調の仕着せをまとった従者の手により、扉が開けられ――

降り立った者こそが、いちばん周囲の目を惹いた。

フリルや刺繡《ししゅう》を多用した、派手な薄桃色の衣装。

白鳥の羽根飾りのついた、鍔《つば》の大きな牝帽子。

中身は、コボルト族としては長躯のロヴァルナ・ウルフハウンド種。長く艶やかな、丁寧にブラッシングされた白い体毛のそこかしこには、ドレスと同じ色のリボンがあった。

同種族の執事に日傘をかけさせ、秘書を伴い、国軍参謀本部正面の大階段を上ると、地裂海式の大円列柱下へと進み、受付には典雅な態度と仕草でそっと頷くだけ。

彼女の姿に、もうとっくに慣れてしまっている当直士官は内心の呆《あき》れをおくびにも出さす、慇懃《いんぎん》な態度でただちに案内役の兵をつけ、奥へと通した。

彼女が通されたのは、国軍参謀本部の三階。その一室。この建物に幾つかある同様の部屋のなかでは、最奥に近い。

そこで彼女はちょっと片眉を上げた。

いつもより格式が一つ、この建物を支配する牡たちにとって最重要に近い場所だったからだ。

——国軍参謀本部次長室だった。

「これはこれは、ファーレンス夫人。いらっしゃいませ。今日はまたいちだんとお美しいですな」

参謀本部次長兼作戦局長でオーク族のエーリッヒ・グレーベン少将が出迎え、

「まあお珍しい、少将。おまけに、お褒めのお言葉まで。何か恐いお話でなければいいのですけれど」

くすくすと笑いながら、この国最大の総合商社ファーレンス商会を率いるイザベラ・ファーレンスは応じた。

イザベラは、いつもは彼女を出迎えている参謀本部兵要地誌局長カール・ローテンベルガー少将もまたグレーベンの隣に巨躯を並べているのを見てとって、頷く。

「ローテンベルガー少将も。かの新編旅団の閲兵式には出席なさいませんでしたの？　たいへん結構なものでございましたよ」

「まぁ、我らは視察しようと思えばいつでもできますから」

ローテンベルガーは苦笑する。

内心ではそっと、相変わらず派手な会長だ、そのように思っている。

――ちなみに。

この国には、牡が牝を出迎えた際などに、手の甲に口づけの真似をするような習慣はない。

とくに、異種族間では。

オルクセン諸種族統一後には、外交のためもあって人間族の習慣や儀礼を見習おうと取り入れる試みがなされたことはあるのだが、オークがそのような真似をすると他種族からは食われるのか襲われるのかと誤解され、恐怖され、失禁すら招きかねない行為であったため、あっという間に廃れた。

「さ、どうぞ」

イザベラは席を勧められ、コーヒーと茶菓も出た。

秘書からは既に彼が携えていた鍵付き書類鞄を受け取り、執事とともに表で控えさせてある。

「軍の皆様は、面倒な前置きなどお好みに合いませんでしょうから。さっそく――」

イザベラは、鞄から四つ折り革装丁で丁寧に閉じられた、分厚い書類を取り出す。

「いつもの資料、ですわ」

ローテンベルガーがそれを受け取り、無言のまま、まず一頁に纏《まと》められた更新内容を眺め、幾らか頁を捲《めく》り、確認。そして書類をグレーベンへと回した。

グレーベンは最初から知りたい何かがあったらしく、とある頁を広げ、熱心に読み込みにかかり、その様子はもう室内の他者のことなど眼中にないようだった。

「いつもながら大変結構な資料です」

「どういたしまして」

三名の席には、重く、甘いチーズの香りのする、どっしりとしたケーキが添えられていて、ファーレンス夫人にクリームを所望するかどうか尋ねるローテンベルガーの姿は、何処までも紳士的だ。機密保護のため給仕役の兵はとっくに下がらせてあったためでもあるが、元からそうした性格をしていた。

ローテンベルガーはコーヒーを啜《すす》る。

彼の率いる参謀本部兵要地誌局は、参謀本部にあって六番目に作られた部局であり、国軍参謀《グローサー・》本部兵要地誌局《ゲネラルスタブⅥ》——ＧＧＳⅥ《ゲーゲーエスゼクス》と呼称されることもある。

兵要地誌局は、軍の地図を作り、各地の気候、風土、町の規模、経済状況といったものを兵要地誌に纏めるという部局だが。

実は地図や兵要地誌の作成以外にもう一つ役目があり、いまではそちらが本業のようになっている。

国内のみならず、この星欧各国の兵要地誌情報を集めているうちに果たすようになった役割——軍諜報機関としての機能だ。

街道。鉄道。橋。町。港。

衛戍地、要塞の位置。その数。構造。

食料生産はどれほどあるか。

そういった類のものは、その全てが軍事情報たり得る。いや、それそのものと言っていい。国外ともなれば、尚更のことだ。

ローテンベルガーは元々工兵科の出身だったが、己がそういった仄暗《ほの》い仕事を受け持つ才に恵まれていることに気づいたのは、この職を拝命してからである。彼は、出身兵科ゆえに、若いころからいつの間にか頭の中で詳細な立体地図を想像することが出来た。

山並み。平野の起伏。その高さ。

河川の幅、長さ、蛇行の具合、水量。

橋の長さ、強度、構造――

実にありありと想像できた。

そんな能力を、情報というあやふやな代物を精緻に組み上げていく過程にも応用できるのだとわかったとき、彼の軍情報機関の長としての役割は比重を増した。

東のロヴァルナ帝国。

西のグロワール第二帝政国。

アルビニー王国。

更に海を挟んだ隣国のキャメロット連合王国。

南のアスカニア王国。

オスタリッチ帝国。

そのまた南の、聖星教教皇領と、エトルリア王国。

そんな人間族の国々が、人間族の国々であるがゆえに、その全てが魔種族の国オルクセンの潜在的敵国であると言えた。

なかでもグロワールとアスカニア、オスタリッチ、教皇領は、歴史的経緯としてもかなりの警戒を要する。

各地の駐在武官を中心に、ローテンベルガーはこの星欧大陸ほぼ全てに対して、膨大な諜報網を築いてきた――

いまや参謀本部内で見回しても、作戦局の次に予算と人員を割かれているのは彼の部局になっている。つまり、あの兵站局以上に（もちろん、部局そのものとしての予算だ）。

なにしろ、諜報という代物には金がかかる。

大きな何かを摑みかけた者に、すかさず、即断的に、ぽんっと一〇万ラングほどを会計無しで渡すような必要さえあったから、参謀総長公認の裏金まで備えてあった。

そんな彼にとって、まるで想像力を働かすことの出来なかった国が、この星欧にただひとつだけ存在した。

――エルフィンド王国。

オルクセンとは国交が無く、個の交流さえ絶え、隣国でありながら情報量としては世界でもっとも遠い国。それでいながら、オルクセン積年の仮想敵国――

調べたくとも、オークにも、コボルトにも、ドワーフにも、巨狼や大鷲たちでさえもはや立ち入ることは出来ない。

彼らがあの半島から追い出されたときの情報は、もう年月を経て、古ぼけ、まるでとまでは言わないが、多くの点において役に立たなくなってしまっていた。大鷲はいまでも飛ばそうと思えば飛ばせたものの、過度な刺激を避けるため控えるように命令されている。

ごく最近になって、かの国の国境部から、集団でこの国へと亡命してきたひとつの種族があり、おまけにその種族――ダークエルフ族は祖国への憎悪の念を燃やしていて、彼女たちからは新鮮な情報の数々を集めることが出来たが。

それまではずっと、エルフィンドの情報は目の前の牝――イザベラ・ファーレンスただひとりを経由して収集されてきた。

なぜか。

彼女にだけはそれが、巧妙に、密《ひそ》かに、しかも組織だって、やれたのだ。

イザベラの率いる商会は、総合商社であり、輸出入を行う貿易商で、金融業も営み、国内では電信機や電纜《でんらん》の製造会社まで持ち、まさにオルクセン最大。

そうして得た莫大な富を、あちらに投資し、こちらに融資し、とある会社を買収し、またある企業を担保として譲り受け――

そんなことをやっているうちに、海外にまで勢力を伸ばすようになった。

特に、隣国キャメロットへの進出が著しい。

おもに金融業で端緒をつけ、キャメロットが得意とする海運業と貿易業、その方面の保険業社からの、更にもう一つ大きなくくりの商取引を引き受けることで急速に浸透した。

科学が進展したこんにちにおいても、まだまだ珍しいものではない大きな海難事故があったとき、キャメロットの海運及び貿易関連業者にのしかかる賠償金の一時負担額や、海運保険会社が支払う保険金は当然膨大なものになる。

彼女の会社が扱っているのは、海運業者や貿易会社からあらかじめ担保となるものを預かっておいて当座支払能力の保証をしてやる、あるいは保険会社から更にその社そのものにとっての保険を請け負う、という仕事だ。

上手い商売だ。金払いがよく、信用のおける大会社ばかりが取引先で、一契約取引あたりの価格も高額。利鞘《りざや》だけで、ちいさな町なら一年は飽食できるほどになる。

リスクももちろんあったが、彼女はそこに巧妙な仕組みを持ち込んでいた。

――格付け制。

相手会社の資本規模。収支状況。保有資産。

事故が頻発する海域のものか、そうでないか。

船の性能、くたびれ具合はどうか。

荷はどれほどの価値のものなのか――

そういったもの全てを審査した上で、ある種の基準のもとに評価し、取引を成立させるかどうか判断しているのだ。

なにしろ、ファーレンスは本業のひとつとして金融業を営んでいる。

コボルトたちは頭の回転が速いうえに魔術通信が使えるため、人間族が想像もつかないようなむかしから情報を迅速にやりとりし、相場にも数字にも強かったのだ。

金融業者にとって取引相手の信用度を見極めることは当然のことで、冷静に、冷徹に、そんな情報を収集する経験値と手法も、既に積み重ねていた。

いまでは彼女の会社による格付けが、そのままキャメロットの海運及び貿易会社や保険会社にとっての対外信用度のひとつになり、海運価格の相場にまで影響を与えている始末だ。

あちらの資本を中心に商売仇も当然存在したものの、キャメロットの二重保険市場におけるファーレンス商会の占有規模は、ただ一社だけで三割二分ほどにまで到達していた。これは一社で占めている割合としては、最大のものになる。

そのような企業運営を行っているうちに、キャメロットの海運業社や貿易業者のいくつかを、直接的に支配下に置くようになった。担保として差し出されたものが中心だった。

つまり彼女は、魔族種の国オルクセンにおけるコボルト族でありながら、商業の世界で、他国の人間族の一部をも気ままに差配できるまでになっていた。

そのなかには——

エルフィンドとの取引がある企業や個人も存在したのだ。

エルフィンドは事実上、過去の様々な歴史的経緯からキャメロットとしか国交がない。キャメロット商人のなかにはエルフィンドと取引のある企業がいて当然だ。

そして——

ファーレンス商会は、それよりずっと以前から、オルクセン国軍とも取引があった。

もともと彼女の商会の出自は、北部地方におけるたった一個の擲弾兵《てきだんへい》連隊の、連隊酒保の運営を請け負う小間物商だった。それも、一度は別地で潰れて再起したという、小さな店。

それがデュートネ戦争の勃発で連隊兵站作業の実務を請け負い、会計を担当し、連隊から旅団が取引相手になり、さらに旅団から師団、師団から軍団へ――

あの星欧中を巻き込んだ大戦争が終わったときには、当時出征した北部軍の、グロワールにおける後方兵站の大部分を担うまでに成長していた。

戦後、国軍参謀本部の兵站局に、もっともよく顔を出す商人はイザベラ・ファーレンスになった。

ついには一地方軍ではなく、国軍中枢からの委託業務を請け負うようになっていたのだ。

――そうして、兵要地誌局と出会った。

彼女は、兵要地誌局にエルフィンドの情報をもたらすようになった。

イザベラとファーレンス商会にだけはそれがやれた。

その支配下の、とあるキャメロットの海運業者は、エルフィンドにおける港湾施設を調査した。

またある貿易商は、取引の傍ら観光地図の数々を手に入れ、街並みのスケッチをとった。

とある鉄道技師の男など、高額な報酬に目がくらみ、エルフィンドで建設を担った鉄道敷設図を一路線丸ごと寄越した。

またある商人は、破産寸前のところをイザベラに救ってもらったことを一生の恩義に感じ、取引先の町から町へと移動する際、レールの継ぎ目の音を寝ずに数え、そこから距離を計算し、鉄橋やトンネルの位置、あるいは鉄道車両そのものの速度を記録するという大事業を成し遂げ、その全てを彼女に献上した――

イザベラは、それら全てを克明に、精緻に、一粲の漏れもなくまとめ、定期的に兵要地誌局へと提供した。

定期的であったのは、たとえかつて調査したことのある場所や事象だったとしても、時間を経れば変化していたり、より詳細に機微を摑めることもあったからである。情報更新だ。

そうやって集められた情報の数々は、蓄積され、分析され、纏め上げられ――

ついには、エルフィンド国内で、ローテンベルガーに想像できぬ場所はほぼ無くなった。

ローテンベルガー配下の、ある口さがない参謀など、こんなことを嘯《うそぶ》いたことがある。

「俺たちはきっと、エルフィンドの将校たちよりエルフィンド国内に詳しいぜ」

これは傲慢《ごうまん》ではあっても事実でもあると断言できるところにまで、もはやエルフィンドの情報は集積されていた。

五年ほど前――参謀本部が、最初の組織的で系統立った対エルフィンド侵攻作戦計画を作り上げたころからだ。

この諜報作業は、とくに緘口令《かんこうれい》など敷かずとも、参謀本部に勤める者のうち、事情を知らぬ者たちはたいへん都合のよい早合点をしてくれた。

「あの会長、また来てるな」

「商売にまめなことだなぁ。また兵站局だろう?」

実際のところ、イザベラは情報提供の見返りとして、軍が払い下げた輜重《しちょう》馬車の市場放出や、旧式兵器の輸出をほぼ一手に請け負うようになっていたから、当たらずも遠からずというところだ。

軍のほうでも、ファーレンスとの関係を利用している。

あの優秀極まるヴィッセル社のモリム鋼製火砲は採用から四年が経ち、性能を聞きつけ、輸入を希望する国が幾つかあったが、ヴィッセル社には基本設計をそのままに通常の鋼鉄製とした輸出用モデルを作らせ、イザベラの商会に仲介させることで機密の管理をし、輸出させる——そんな真似までやっていた。

ただ、今日は少しばかりいつもとは事情が異なる。

ふだんは彼女のほうが集めた情報を寄こすばかりなのだが、非常に珍しいことに、参謀本部次長兼作戦局長のグレーベン少将が、どうあっても追加で調査したい場所があると言い出し、イザベラとファーレンス商会へと依頼し、その成果を中心に提出してもらったのだ。

だからグレーベンがいる。

「いやはや、見事です。夫人の国家への忠節奉公、小官などでは足元にも及びませんな」

頁を繰り、何かを読み込んでいたグレーベンはやがて口元の笑みを大きくし、顔を上げ、告げた。

「お気に召しまして？」

「たいへん結構です。夫人の大事業のご成果をお目にかける日もそう遠くないでしょう」

「あら。それはうれしいことです」

イザベラは、グレーベンの言葉を誤解しなかった。

——エルフィンドとの戦争は近い。

商談は、前へ進むということだ。

「ただ、ご希望の謝礼につきましては今しばらく協議させていただきたい」

「……と、いいますと？」

「現状の、エルフィンドにおけるキャメロットの既得権益については、例え我らがかの地を攻め、これに勝ち、治めるようになっても保護せよ――これは国王陛下の、強いご沙汰です」

「…………ふむ」

イザベラは考え込むしぐさをした。

彼女はそれを謝礼に望んでいるのだ。

商人である以上、投資は回収させてもらう――というわけだ。

「いやいや、ご心配には及びません。キャメロットの既得権益といっても、元々の貿易量はそう大したものではないでしょう？　何しろエルフィンドは国是から、あまり貿易取引には積極的ではない。かの国からは薬草、毛皮、一部の木材、鱈《たら》や鮭《さけ》類といった漁業加工品。キャメロットからは日用品、石炭、鉄鋼材、鉄道車両、それに軍艦や銃などの兵器。そんなところだ。しかも貴方の手元にわたるはずだったのは、前者のみ」

「――ええ」

「ことが始まれば、軍として依頼するお仕事もございますし――」

対エルフィンド作戦における兵站物資調達の業務委託。

それを匂わせている。

「ちゃんと代案も用意してございます。旧式化するＧｅｗ六一小銃。その全てはもちろんお渡しできませんが。七万丁ばかりで如何です？　道洋ではいまでも高額の、人気商品であるとか。現地末端価格は一丁六〇ラングといったところですか。総額四二〇〇万ラングにはなる。払い下げですから、そのうちの利益は些少《さしょう》でしょうが……さしあたってはそれでご留飲を下げていただくということで、ひとつ――」

――軍人さんは単純ね。

幾らか不満顔の演技をしつつ、まぁのちのことはまたお話ししましょう、などと告げて国軍参謀本部を辞し馬車に乗り込んでから、イザベラ・ファーレンスは苦笑せざるを得ない。

あの次長、作戦立案の面では一種の天才だという評判だけれど。軍隊以外の社会を小馬鹿にしているようなところがある。

あの顔。

――いい取引でしょう？　もったいないほどだ。

まるでそんな様子だった。

彼はわかっていない。

いえ、その点に関していえばあの紳士で誠実で有能なローテンベルガー少将も。

彼らは、私が商売目当てで諜報《こんなこと》をしてきたと思っている。

まぁ、そう思われて当然。

そのように振舞ってきたから。
「……待っていてね。あなた。もうすぐよ」
車窓から流れゆく街並みを眺めるともせず、イザベラは独りごちた。
――私の愛しいひと。たったひとりの旦那様。
あの優しい、誠実で、懸命に働くばかりの小間物商だった、私の貴方。
それをあのエルフィンドは。
白エルフたちは。
他のコボルト商人たちと同じく、商売鑑札を取り上げ、首を括《くく》らせた！
私からあのひとを奪った！
あのひとが懸命に守ったちいさな店を潰した！
ここまで来るのに、何年、何十年かかったと思っているの。
エルフィンドなんて。
――必ず滅ぼしてみせる。
これは私の戦争。
商人の戦争なのよ。
「奥様、なにか？」
秘書が怪訝《けげん》な顔をしていた。
「なんでもありません。このあとの予定は？　産業連盟で会議だったわね？」

国軍参謀本部次長兼作戦局長エーレッヒ・グレーベン少将は、紛れもない天才だった。

とくに、作戦の類を考案するとき、その才を発揮した。

どうしてそのような真似が出来るようになったのかは、おそらく彼の幼少期に起因する。

彼の両親は、非常に教育熱心で、しかもそれは学校での成績を気にしたり家庭教師をつけるといった型通りのものではなく、例え周囲からどれほど奔放に思えても我が子の興味赴くままに必ず希望を叶えてやるというかたちの、愛情に満ち、慈悲と許容に溢《あふ》れるものだった。

グレーベンの幼少期——といっても総じて長命長寿不老ゆえに幼少期は成長が遅い魔種族だから、もう二〇歳は超えていたころ、あのデュートネ戦争があった。

グレーベンは、大人たちや、子供たち同士のうわさで胸を高鳴らせて語られる、祖国の勝利の数々に魅入られた。そして、町の玩具店に並んでいた精工な金属製の兵隊人形を欲した。

職工がひとつひとつ手作りした、歩兵や、騎兵や、砲兵といったものが揃いになったたいへんに高価なものだったが、両親はこれを買い与えた。

当時のオルクセンは、グロワールに攻め込まれこれを押し返した直後で、まだまだ混乱の渦中にあったうえ、彼の両親はとくに豊かというわけでもなかったから、これは相当に思いきった真似だった。

グレーベンは、これを自宅の裏庭に持ち込み、自らの手で砂や生垣の枝を使って小さな平野や森をつくり、兵や砲を並べ、戦争ごっこをした。

あの戦場、この会戦。あちらの要塞戦、こちらの包囲戦――

国家制義務教育の半ばを過ぎたころには、デュートネ戦争の数々の戦場を諳《そら》んじて、再現できるまでになっていた。

忠実に再現するだけでなく、自らが将軍や参謀になったとしたら、どんな風に戦況をひっくり返すか、そんなことをよく想像した。

彼が虜《とりこ》になったのは、軍隊や戦術といった存在だけではなかった。

――世の中の答えは、一つではない。

――また、答えを導き出す方法も、一つではない。

そんな思考法そのものだ。

だから彼の学校における成績――とくに数学におけるそれは急上昇した。

面白みを覚えた思考法のままに、どうやって教師たちが説く方法以外で答えに辿り着いてやろうか。

打ち負かしてやろうか。そんなことばかりを考えていた。

学校教育というものが重視し、ときに偏重に陥りがちな、何年生ならここまでの数式を用いなさい、ここから先はまだあと――そんな考え方を平気で無視したから、ときに彼の両親は教師たちから呼び出され、こっぴどく叱られることも珍しいことではなかった。

「あの子には、あの子なりの育ち方があるのです」

それでも彼の両親は、グレーベンのやり方、ものの考え方、育ち方を尊重し、庇護し、愛情を注ぎ続けた。

教師たちも、やがて匙《さじ》を投げた。

たとえ方程式が異なるものだったとしても、答えは正解なのだから可及点は与えざるを得ない。また彼が自ら覚えこんだ数式の数々は、ずっと上級生でも呻《うめ》くものばかりだったから、文句の言いようもなくなってしまったのだ。

国家制義務教育卒業後、グレーベンは軍の士官学校に入った。

そこでも成績は良かったが、傲慢、不遜、頭勝ち極まりなく、例え教官や上級生でも自らの思考法に及ばない相手は平気で見下すような生徒だった。彼が学年首席の成績に上り詰め、これを維持するようになり、そして目下の者の意見でも正しければ聞き入れよという風潮体質のオルクセン軍でなければ、あっという間に軍からは追い出されていたかもしれない。

卒業後、部隊配置につき、陸軍大学校を経て参謀将校となってからの彼も、やはり横紙破りなことばかりやった。

それでも多くの場合、グレーベンのやり方は周りよりずっとよい「答え」を導きだせてばかりいたから――

星暦八七六年現在、オルクセン陸軍最年少の少将、そして参謀本部次長にして作戦局局長の地位に就いている。

とくに上官にあたる参謀総長カール・ヘルムート・ゼーベック上級大将の信任が厚い。

「あれは天才なのだ」

ゼーベックはよくそう言った。

——天才には、おかしな奴も多い。

そんな意味であって、可愛がっている。

ゼーベック自身は、グスタフ王の信任のもと長きにわたって参謀総長の地位にあるものの、自身は作戦立案の思考に乏しく、どちらかといえばむしろ軍政家向きの調整型、兵站運用のほうのトップだと自らについて深く理解していたから、作戦部局の全てをグレーベンに任せた。

「あいつさえいれば、戦争には勝てる」

断言して憚《はばか》らず、次長職にまでつけ、強力に庇護した。

天才肌の者にありがちな欠陥をも愛嬌ととらえ、また周囲と摩擦が起こりがちなほどの部分はどうにかこれを和らげてやろうと、盟友シュヴェーリン上級大将の末娘を引き合わせてやり、嫁に取らせ、また自らはよく酒席の相伴に誘って、好むところの西部産赤ワインや葉巻を教え込んだりしていたから、グレーベンのほうでもこの牡《おとこ》にしてはたいへんに珍しいことに、

「俺はゼーベックの親父のためなら死ねる」

周囲にも明言し、上官を慕ったものだ。

そんな「天才」グレーベンは。

ここのところ、エルフィンドの地図ばかり眺めている。

参謀本部次長室の隣、本来なら副官室だった部分を潰してしまい、大机を持ち込んで、兵要地誌局

とイザベラ・ファーレンスのおかげで正確無比なものばかりとなったベレリアント半島の大地図を広げ、兵棋を並べ、他の業務などそっちのけで睨む日々を送っていた。

また、自らも脳内のイメージに磨きをかけていた。

もっとも役に立ったのは、キャメロット人の女流探検家がエルフィンドに潜り込み、その国土のあちこちを巡った旅行記である。

一〇年ほど前に出版されたもので、その物怖じのなさにより傲慢とも不遜とも評せる探検家は、たった一人で現地通訳だけを伴い、主要都市だけでなく名もないような地方の村や、森や、河川、湖沼まで訪れ、住民気質や生活風習に至るまで克明に記録していたから、思考を広げるための材料として大いに勉強になった。

グレーベンが大地図を広げた室内には、猛烈な紫煙が漂っているのが常である。

彼はゼーベックから葉巻を覚え、これを愛し、その喫煙量は相当なものだ。とくに思考を弄《もてあそ》んでいるときほど、火を点《つ》ける。

コーヒーも、濃いものをよく飲んだ。

あのひとは飯の代わりに葉巻やコーヒーから栄養分を摂取できるのではないか。灰皿とポットとを交換する次長付き従卒が内心で呆れるほどである。

そのような光景より以前から――

あの師団対抗演習を利用した参謀本部図上演習のころから、グレーベンは現状のエルフィンド侵攻作戦計画に疑念を抱き続けていた。

現在の侵攻作戦計画の概要は、こうだ。

オルクセンの北隣、立てた親指を横から眺めたような姿で星欧大陸から突き出たベレリアント半島。即ち、エルフィンド。このベレリアント半島の付け根、シルヴァン川南岸流域に、一気呵成《かせい》に兵力動員した約五〇万のオルクセン軍を、西から東に三つの軍に分けて並べる。

中央部の陣容――仮にこれを中央軍と呼称するとして、その陣容がいちばん厚い。

中央軍の正面にはエルフィンドの南岸入植地と、シルヴァン川には珍しい河岸南北をつなぐ橋梁群があるから、開戦と同時に同地へ侵攻、奪取。

橋を渡り、エルフィンドにはやはり珍しい半島南部中央の平原部で、かの兵力を誘引、決戦を強要。またこの平原部の北方中央で街道を扼している要塞都市を落とし、突破。

その背後にある二つの山脈麓の山間街道を抜け、首都ティリオン東部にあたるエルフィンド領内第二の規模を持つ平原部に到達。最終的にエルフィンド残存の野戦軍をここでまた撃破して、ティリオンに侵攻。城下の誓いをなさしめる。

東部と西部の軍は、それぞれ正面に対して睨《にら》みを利かせ、侵攻開始事における中央軍側面防御の役目を担う――

これが、参謀本部第六号計画第五次修正案、対エルフィンド侵攻作戦計画だ。

改めて述べるまでなく、中央軍の役割がたいへんに大きい。

ベレリアント半島は、険峻な山脈が連なっており、大軍を動かせる場所は多くない。むしろまるで乏しかった。

街道や、かの地にはあまり普及していない鉄道網を進撃路及び兵站路として利用する以上、これらが存在する場所を主要侵攻路に選ばざるを得ない――

歴史的にみても、半島中央部はエルフィンドに攻め込もうとする軍隊なら必ず選ぶ場所である。

その平原部は、同国には数少ない穀倉地帯のひとつでもあり、かつてシルヴァン南岸に存在したドワーフの国や、そして旧時代のオルクセンとの会戦は、ほぼその周辺ばかりで生起していた。

ロザリンド渓谷――あのオーク族にとって苦々しい記憶の地である古戦場は、半島南部平原部から見てシルヴァン川を挟んだ対岸、星欧大陸側にある。

一二〇年前、飢饉により苦境に陥ったオーク族は、ドワーフの国の穀倉地帯を制し、そのままエルフィンド南部もまた奪取しようとしたのである。エルフィンドの側でもそのような歴史的経緯は充分に承知していて、平原部を扼《やく》する交通要衝の都市ひとつを城塞で囲み、要塞《ようさい》都市にしていた。

だが――

本当に、この計画で正しいのだろうか。

グレーベンは、考え続けている。

最大の懸念は、あまりにも中央軍の負担が大きすぎることだ。

言わばこの将来戦争計画は、中央軍だけに急進撃させ、会戦させ、要塞戦までやらせて、挙句敵首都にまで上らせるというものなのだ。

――要するにだ。シュヴェーリンの義父殿《おやじ》に、あの闘将シュヴェーリン上級大将に、最大の兵力を与え、突っ込め！　と号令をかける。

そんな計画なのである。

救いがあるとすれば、エルフィンドの首都は半島中央部にあり、遥かなる半島最北端まで突っ走らなくとも、そこで戦争は終わるとみられていること。

エルフィンドは首都の放棄や、首脳の逃亡がやれない。

首都に、かの国における最大の聖地があるからだ。俄には信じられないが、エルフィンドの王族は同地にあるたった一本の大樹からしか生まれないという……。

――では、中央軍をもっと厚くできないか。

そこまで単純なものでもない。

既に中央軍の兵力数は、かの地の街道や鉄道路線の数から計算して、兵站線がこれを支えられる最大のものにまで配してある。

野戦にも使える対要塞戦用の、重砲旅団も軍の指揮下に入れてある。空中偵察を担う大鷲軍団主力の配置個所もここだ。

そして中央軍を、参謀本部の全力を投入して支えようと計画は練られていた。

半島南岸にある、オルクセン側の四都市には巨大な兵站拠点が築かれることになっている。

事前準備に要する予算はいまどうにかしようとしていて、そのうち二拠点までを中央軍に割り振ることになっていた。

戦争全てを支える兵站総監の位置も、またここだ。つまり兵站における最高司令部が、直接的に中央軍の面倒を見る。

また、軍の背後には、軍鉄道部隊及び国有鉄道社から動員される予定の軍属を配し、本国鉄道網との連結や侵攻先現地鉄道線の利用のみならず、改修、補修、改良をしながら追従させることになってもいた。

むろんこれに要する鉄道車両の数や、前進兵站拠点を築くための理想的位置の選定、軍用輜重馬車の数――そんなものも全て計算済みだ。

精緻に、緻密に、慎重に、為せるだけのことは為して組み上げられている。

この侵攻作戦計画立案の大部分を担ったグレーベン自身は、もちろんそれをよく理解していた。

だが。

――兵站、兵站、兵站なぁ……。

グレーベンが最初に疑念を持つようになったのは、そこなのだ。

我らオルクセン国軍参謀本部は、兵站をこそ重視する。組織も配置も思考法もそうやって組み上げてきた。これは自負でもあり、矜持《きょうじ》でもある。

だが「兵站」とは、考える者によって非常に解釈に幅のある、とてつもなく面倒な言葉なのだ。

――この計画は、どこかでその思考法に本末転倒が起きたのではないか。初めに想定戦場はここしかないと思い込み、その後ろに、言ってみれば引っ張られる格好で兵站線を築こうとしている。

グレーベンの、兵站に対する解釈は異なる。

進撃路に引っ張られるものではない。兵站のやりやすい場所を進撃路に選ぶべきものなのだ。

似て非なるもの。だから、軍とは過剰集中させてはいけない。

――たっぷり食らいながら分かれて進んで、大敵を前にすれば一挙に集結するもの。

――集中ではなく、集結。

――うん、分進合撃とでも呼ぶか。

だから彼は、年寄りたちがよく使う「尾っぽを引きずる」というオルクセンの兵諺が大嫌いだった。

これればかりはゼーベックの親父や、シュヴェーリン義父を相手にした場合でさえ俺には同意できない、と思っている。

軍に兵站が引きずられている印象ばかりが深まってしまうからであった。

グレーベンに言わせるなら、まるで逆だ。

兵站の先にぶら下がっているのが一線の軍であった。

「尾っぽ」の根本が繋がっているのは兵站組織元締めのほうであり、更にいえば――オルクセンという国家そのもの、というのが彼の解釈である。

そしてその兵站実務の柱の一つたる補給品の管理・輸送には、春の演習結果を見てもわかるが、努力に努力を重ねても必ずどこかで停滞が起きる。

しかも一箇所で起きるような生易しいものでさえなく、懸念された箇所全てでそれは必ず発生し、複合しながら停滞していく。

これもまた、グレーベンの解釈によれば至極当然のことだ。

「尾っぽ」は、先端になるほど細くなるのが道理だ。尾の根本の側から考えなしに無闇やたらと押し込めば、先に行くほど停滞して当然なのである。

これを解決するため、第五次修正案では中央軍に現地調達を許可し、かつ可能であれば侵攻時期に穀類の刈り入れ時期を選び、肥沃な穀倉地帯そのものを食糧調達拠点として利用する、としていたが。

大丈夫か。

本当に大丈夫か。

――現地調達とは、調達できる物資が現地になければ成立しない制度なのだ。

至極当然の論理的帰結だ。

戦争が収穫期以外に起こったらどうする？

占領都市の食糧保管庫が空になっていたら？

そんな例は、デュートネ戦争だけをみてもゴマンとあった。

――もっと輸送手段を増やせないものか。

鉄道、街道。

星欧大陸なら内陸水運も選択肢に入るが、エルフィンドの河川は半島内側に向かうほど渓流ばかりで、幅と流れに懐のある河川はなく、使えない。

兵站路とは、言わば動脈のようなもの。

補給とは、それによって流し込まれる血液だ。

国家という名の心臓から延びる動脈の数を増やすことが出来れば、もっと、軍という名の、敵に打撃を与える役目を果たす両腕を支えてやることが出来る。

だが中央軍の担当地域には、もう現状以上の余裕はない。

どう見ても、何度眺め、考えてみても、そんな余裕はもうない。

——本当に動脈はここしかないのだろうか？

大地図の、ベレリアント半島西部を眺めてみた。

使い物にならない。

一瞥《べつ》するまでもなかった。

南北に険峻な山脈が海岸線に沿って縦断していて、天地創造のころに氷河が大地を削り取ってできたという深く鋭い入江がたくさんあり、そのうちの幾つかに、小さな町や村が点在しているだけ。

街道すら繋がっていないような場所もある。

遠く遥か、ようやく半島の北端近くに達して比較的大きな港があり、同地に至って初めて半島中央部との間に大きな往来がある。

これでは動脈として使いものにならなかった。

動脈そのものが存在しないのでは、どうにもならない。

侵攻作戦計画においても、ベレリアント半島付け根西部にある入植地の一つを落とし、余裕があれば海軍と共同で西岸沖に浮かぶ島嶼の占領作戦を行うための、いちばん小規模な野戦軍を配するだけになっている。

——では、東部はどうか。

参謀本部は、同方面もまた使い物にならないと判断していた。

ダークエルフ族たちが脱出行に用いた、あのシルヴァン川東部下流域。ここには大きな浅瀬は一箇所あるが、橋は一本もかかっていないのだ。

浮橋を使えば幾らかの兵力は渡せるものの、オルクセン本国から鉄道を引っ張っていけない。

その終端位置は、兵站拠点のひとつが築かれることになっている直近都市アーンバンドまで。そこから輜重馬車だけでは軍は支えられない。一定の距離で破綻《はたん》するに違いない。

兵站輸送が運ばなければならないものは、食料だけではないのだ。

仮に銃弾や砲弾は携行数で持ちこたえさせることが出来ても、糧食以外で日々膨大な量が消費されるものは軍用馬の飼葉と水だ。

水については、幸いエルフィンドは湖沼や河川、井戸がふんだんにある国ではあるが。それでも配慮を要する事実には変わりはない。

軍馬は、一日におおよそ二五リットルから、多いときで八〇リットルも水を飲むのだ。

――新鮮な、飲料に適した水を、たったの一頭だけで！

そんな一例をあげてみるならば、グスタフ国王の肝煎りで編制された、アンファングリア旅団。

彼女たちは騎兵を中心にした部隊だけに、この一隊だけで一日に平均四六トン、最大で七〇トンもの飼葉《かいば》を消費する計算になっている（食む量が変わってしまうのは、兵と同じことだ。激しい運動をさせれば、それだけ飼葉をたくさん食べるし、飲む水の量も増える）。

品目もただ干し草を与えればよいというわけではなく、体力消費の激しい軍馬だけに、燕麦《えんばく》や豆かすといった滋養のあるものも用意しなければならない。

七〇トンといえば、単純重量計算でもオルクセン軍軽輜重馬車で七〇両必要になるということだ。

後方から送る飼料だけに頼る必要はなく、現地で調達可能な乾燥及び青刈飼料は、おおいに彼女たちの行動を助けてはくれるだろうが――膨大な量であることに変わりはない。

また同旅団が追送にしろ現地調達にしろ確保しなければならない軍用馬の飲用水は、一頭あたり二五リットル計算でさえ一一万五〇〇〇リットルである。

それが師団、軍団、軍ともなれば――

将兵の消費糧食を含め、オルクセンの標準的な一個師団を支えるのに要する常続補給品は、一日一六〇トン。軍団で三二〇トン。一個軍全体ともなると一二八〇トン。

これを実現するためには、一日あたり約四編成の鉄道貨車輸送が必要だとされている。

総予備兵力も含めた全軍で、一日あたり一一列車乃至一二列車。

たいへんな規模にも思えるものの、オルクセンの極めて緻密かつ縦横に整備された鉄道網と、何よりも豊かになった現在の国力ならば、この作戦計画の、侵攻開始予定地点の、展開全兵力を十分に支えてやれる。

だがグレーベンにしてみれば、侵攻開始後の軍展開地のその場にこれだけの消耗物資を出現させてくれるような伝説の魔術士が本当に実在するなら、ただちに神と崇め、大地の豊穣を捧げたい気分である。

このような膨大な兵站路を長期間かつ長距離にわたって築くことが出来ない東部には、シルヴァン流域南岸、国境線地帯に小規模な一個軍を配し、中央軍の側面及び兵站路が突かれないよう警戒役を担うことになっていた。

——勿体ねぇなあ……。


橋。橋さえ架かってりゃ良かったのに。

戦争中に架橋を施すという選択肢もあったが、夢想に近いものだ。

兵馬を渡す程度の橋ならともかく、シルヴァン川に架けるほどの鉄道橋は大規模で、使用目的から言って恒久的なものともしなければならない。たいへんな手間暇がかかる。

そんなものの完成を待っていたら、戦争は終わってしまう。

参謀本部はこの将来戦争を一年で、最長でも二年で終結させるつもりなのだ。

仮に技師や物資、工員を大量投入し、彼らの尻を叩いて大車輪で完成を急がせても、その間、軍は立ち止まることになる。おまけに渡った先に鉄道があるわけではないから、こんな場所から侵攻したら鉄路を敷きながら前へ進むことになってしまう。

鉄路敷設は中央軍の侵攻起点から植民都市間でも行われることになっていたが、距離が違い過ぎた。

勿体ない。

本当に勿体ない。

アーンバンドから、ほんの七〇キロ先に港はあるんだが。

それもエルフィンドにしちゃあ大きな商業港が。

だが軍港でもある。

海軍の連中は、ここにいる軍艦を最大の仮想敵にしていて——

「…………」

グレーベンは茫然とした。

馬鹿だ。

俺は馬鹿だ。

大馬鹿野郎だった。

東部の地図をもう一度眺める。

港。港。港。

基本的には西部のように険峻だが、緩やかな海岸線も存在するエルフィンド東部には、何か所かの港があった。

キャメロットの商人が出入りするため、彼らが整備を勧めたのだろう、エルフィンドにしては珍しく鉄道路線でそれらの港は繋がっており――最終的に、首都ティリアンに到達していた。

そこに至るまでの過程に平野部は少なく、狭い。

だが幾つかはある。

中央軍が最終決戦の地としていた、あの山間道の先の、ティリアン近郊平原部にも繋がっている。

「ある。あるじゃないか。もう一本動脈が！　俺は馬鹿だ！　本当に馬鹿だ！　正解に至るまでは、まるで別の方法だってあるんだ！」

俺は陸軍だからといって、陸の上ばかり眺めていた――

その日のうちに、国軍参謀本部三階は大騒ぎになった。

なにしろ若いとはいえ参謀本部次長兼作戦局局長の要職にあり、少将の位にもあろうという者が、何事かを興奮気味に喚《わめ》き散らしながら廊下を駆け、まず兵要地誌局に飛び込んだ。そして、そこの局長の胸倉を摑みかからんばかりに何かを依頼。

次いで、その依頼結果——あのイザベラの報告書が戻ってくるまでの一か月とその後の二週間とを使い、作戦局の全参謀を事実上軟禁して、彼らに発破をかけ、喚き、罵《ののし》り、膨大な作業を開始してしまったのだ。

やがてその作業には、参謀本部からフュクシュテルン大通りを挟んで少しばかり東にある、別の建物を占めている者たち——オルクセン海軍最高司令部の参謀たちまで巻き込まれていった。

動脈はあった。街道と鉄道、内陸水路以外にも。

それもうんと大きな、太いやつが。

——海だ。

☆☆☆

☆☆☆

オルクセン北部、ブラウヴァルト州ドラッヘクノッヘン港。

この国の北海沿岸線にあって、ベレリアント半島に分断された格好になっている東西の、その東側にあたる。

地理学的には、ここもまた天地創造の星降るころに、氷河が大地を削りとってできたフィヨルド地形の一種であり、深く内陸へと入り組んだ形状ゆえに、天然の良港であった。

この夏の季節には鉄道発達著しいこんにち、いまやオルクセン各所から観光に訪れる者もいる、三つの大きな砂浜が湾内にあり、最奥部で二枝に分かれたフィヨルドの西側一本には、古くから隣国ロヴァルナと海上交易の中枢を担ってきたオルクセン屈指の商業港がある。

その東側のもう一本には、グロスハーフェンという名の支港が存在した。

このグロスハーフェン側全てを根拠地にしているのが――オルクセン王国海軍《オルクス・マリーネ》の主力海上兵力、荒海艦隊《ラウゼー・フロッテ》だ。

荒海とは、北海の別称である。

ここから北には、もう大陸も大島もない。

大昔に、エルフィンドの漁師やロヴァルナの探検隊が発見した、ズーホフ島やノヴァヤ島という名の無人の島嶼《とうしょ》群が幾つかあるだけで、そのまたずっとずっと遥か北方に、北の天球頂を占める大氷塊が存在するのみ。

かつては、どうもこの星欧大陸から腕のように延びた陸塊が今少しあったのだという学者もいる。それは天地創造のとき降星で吹き飛んでしまったのだと。

島嶼群を地図にすると、ひじょうにくっきりとした円弧状に並んでいて、それが星の欠片のうちかなり大きなものの落ちた跡、かつて存在した星欧大陸の一部だというのだ。

その真偽は別として――

ともかく、北海は冬場になると、荒れる。

大いに荒れた。

ロヴァルナの方向へと流れる潮流以外遮るものが何もないまま、厳冬には氷塊が星欧大陸のすぐ北まで押し寄せてくるので、たいへんな低温にもなる。霧も濃いものが高い頻度で発生した。

だから「荒海」とも呼ばれている。

――そんな海に、こんな艦造るなよなぁ。

オルクセン王国海軍《OMS》砲艦メーヴェ艦長エルンスト・グリンデマン中佐は、白い夏季用の日覆いを被せた制帽を目深に被り、作業用つなぎを着て、内心暗澹《あんたん》たる気分で艦橋に立っていた。

オーク族。意思の強さのある眉。ほんの少しばかり、彼の種族のなかでは角張った顎《あご》をしていて、中佐というにはまだ若い。将校や水兵向け酒場の牝オークたちに言わせるなら、「お兄様になってもらいたい頼もしさ」があった。

ただし、いまその顔貌は、長時間にわたって潮風を浴び続けた為ごわつき、また別の事情もあって疲れ切っていたが。

彼の率いるメーヴェは、本当に小さな艦だ。

排水量六二〇トン。

全長五一メートル、全幅八・二メートル。

喫水は、状態にもよるが、弾薬をいっぱい積み、燃料及び水を三分の二ほど積んだ具合だと三メートル。

そんな小さな船体に、前後二本のマスト、そのマスト間に挟まって艦橋と、ちょっと華奢にも見える高い煙突が一本。

蒸気機関で走ることも、帆を張って航行することもできる形式の艦だから、汽帆装艦と呼ばれるものの一種だ。

主たる武装は、一二センチ後装砲が前甲板と後甲板に一門ずつ。これに両舷に一門ずつ小さな四・七センチ砲。

砲はこれだけ。

あとは、艦首から水線下で前へ鋭く伸びたかたちで衝角《ラム》がある。

——衝角。

いまの軍艦には、そんなものがついている。

原因は、ここ三〇年ほどのあいだに海上戦力たる軍艦で起こった技術革新や革命の数々の結果、攻守の均衡が崩れてしまったことにある。

非常に乱暴に、その概略だけを説明してみると——

まず、軍艦が帆だけを使って海上を走っていた帆装の時代から、蒸気機関の採用による汽装の併用に時代は突入して、それまでの航海からは信じられないほど自由自在に艦を航行させることが可能になった。

最初のころは出入港時にだけ蒸気を使っていたが、やがて蒸気機関の性能と信頼性が向上、いままでは帆装のほうが補助的に。

それほど機動性が増した。

次に、艦砲のような大きな砲でさえ前装式から後装式へと進化して、発射速度も威力も向上した。

陸上における銃火器が同様であったように、後ろから砲弾が込められるようになったということは、海上においても革新的な一大事だった。

なにしろ射撃速度がまるで違ってしまう。

前装砲のころは、砲口から火薬を詰め、弾《たま》を込め、舷側の砲扉からこれを水兵たちが体力を使って押し出し、狙いをつけて発射。反動か手作業で後ろに下がったところで内部を磨き、また火薬を……という流れ。

これが後装砲だと、装塡《じゅうてん》、照準、発射というふうに、圧倒的に短縮された作業で出来るようになった。

ほぼ同時に青銅製から鉄製、鋼製へと砲の素材も変わっていき、しかも施条《ライフリング》がほどこされるようになり、砲弾も尖頭《せんとう》弾へと進化していたから、威力も大幅に増している。

自由自在に走れるようになって、砲の威力も向上したということは、これ即ち縦横無尽に砲撃戦をやれるということだ。

すると、何が起こったか。

——それまで海軍の主力だった、全木造艦が滅ぶことになってしまったのだ。

木造艦はもはや火力に対抗できないとわかると、はじめは鉄製、次には鋼製の装甲を舷側表面へと張り付けるようになり、艦の防御力は大幅に上昇。

またそのほうが頑丈だというので、艦の構造自体にも鉄や鋼が多用されていくようになり――今度は、大砲で艦を打ち抜けなくなってしまった。

――大砲をいくら打ち込んでも、軍艦は沈まない。

また均衡が崩れ、そんな妙な具合になってしまった。

各国海軍思い悩んだ挙句、では艦首に船体構造と一体になった堅く鋭く頑丈な巨大な錐《きり》とも表現できる衝角《ラム》を取り付け、相手の艦に体当たりして、喫水線下――海水に浸かっている部分の船体に、大穴をぶち開けて沈めようという、なんとも乱暴極まる流れになった。

むろん、体当たりをしたからといって自らも犠牲にはならない前提にはなっている。

戦術的にもそうなった。

風だけを頼りに走っていた時代より自由自在に動けるから、相手に体当たりをしたあとは蒸気機関で後進をかけて、離脱する。すると衝角が抜けた相手の船体にはぽっかりと巨大な破孔が口を開くことになるから、ここから一気に海水が流入――相手は沈む、というわけだ。

――衝角攻撃《ラム・アタック》という。

メーヴェは、そのような戦術思想の系譜に連なる一種として造られた。

だからこんな小さな艦なのに、衝角を備えて建造された。

これには、ちょっとオルクセンの国情も絡んでいる。

オルクセンは間違いなく、陸軍国だ。国土の大半が内陸で、その周囲は人間族の国ばかりだったから、陸軍を中心に軍備を整えるのが当然の流れである。

国の軍隊とは大半の国民とっては即ち陸軍のことだったから、参謀本部も陸軍参謀本部ではなく、国軍参謀本部と名乗っている。

海軍からみれば軍隊はお前らだけかよと喚きたくなるような、まったく酷《ひど》い話であったが。

おまけにずっと長い間、海軍を育てる余裕などなかった。必死に産業を興し、国を富ませ、まずは生存競争をしなければならなかったからだ。

加えてオルクセン北海沿岸の大半は断崖ばかりで大きな浜辺はほぼ無く、またあるいは遠大極まる干潟であって、どこかの海軍が乗り込んできて大軍を上陸させてくる、というような心配は、あのデュートネ戦争のときでさえ抱く必要がなかった。

しかしながら漁業や海上交易を営む国民の保護や救助の必要性は当然あったし、新大陸や道洋の国々とも幾らか商いをするようにもなり、周辺国も近代的な海軍を持っている以上、流石にこれでは不味いと、三〇年ほど前からそれまで数隻規模だった海軍を少しは大きくしようと育て始めた。

だが、いまでも陸軍と比べるとほんの小さな所帯であって、予算に乏しく、世間からも継子《ままこ》扱いである。

つまり、大きな艦を思うさま造ったりは出来ない。

――では、小さな艦をたくさん（といっても数隻だが）造ろうじゃないか。

誰かがそう言いだした。

そのころ、同じ陸軍国でありながら、キャメロットの強大な海軍に対抗しなければならないグロワールで、そんな思想が生まれていたのだ。

彼らの海軍はデュートネ戦争で壊滅していたし、その後の内政混乱で長いあいだ海軍など育てられず、やはりオルクセンとほぼ同時期、ようやく整備に手をつけようとしていた。

国内で造船業を営むヴィッセル社が、ちょうどその思想にぴったりな技術提案もしていた。

このオルクセン最大の鋼業会社にして火砲製造会社は、意外なようだが元々の出自はドワーフ族の船大工だった。だから社名も、彼ら種族の古語を由来に「おおきな《ヴィッ》　おふね《セル》」という。

いまでも造船業は創業事業として手放しておらず、オルクセンの大型商船は同社製が多く、国産軍艦はほぼ全て彼らの産である。

その彼らが、いまの発達した技術なら、小さな船体に最新かつ高性能の同社製火砲を装備し、衝角もつけ、これに高性能を狙った蒸気機関を積み込んだものを造れそうだ、と言い出したのだ。

――空を行く猛禽《もうきん》類のように奔《はし》り、大砲をぶっぱなし、大艦のどてっ腹に穴を開ける。

そんな、まるで夢のような軍艦を造れる、と。

メーヴェを含むコルモラン型砲艦三隻コルモラン、ファザーン、メーヴェはこうして建造された。いまから七年ほど前のことになる。海軍から一身の期待を込めて、「第一猪突隊」と名付けられた一隊を成した。

オルクセン海軍では、衝角突撃を実施する際に掲げられる信号旗「我、突撃す」を、オーク種族の祖の猛烈な突進にひっかけて「猪突旗」と呼んでいたから、その戦法を専門に担う新編部隊、というわけだ。

艦自体も、正式分類は砲艦であったものの、通称は猪突艦と呼称されるようになった。

だが――

そのうち一番新しいメーヴェの艦長グリンデマンは、本当に疲れ切り、弱り切り、苦り切る毎日ばかりを過ごしている。

北海における隊訓練からこの日早朝帰還してきて、断崖上の湾口灯台を確認すると、次に見えてきたのは、ドラッヘクノッヘン港口の険峻かつ丈高い両岸からほんの少し入った地点を跨《また》ぐかたちで作られた、巨大鉄橋アルブレヒト鉄道橋である。

全長二・五キロメートル。

五万トンの鋼鉄と、八〇〇〇万個の鋲《びょう》を用い、建造期間三年をかけて完成した、オルクセン近代化の象徴。

当初はグスタフ・ファルケンハイン橋と名付けられる予定だったのだが、王が固辞したといい、猪公とも呼ばれるオーク族の祖王の名がつけられた。

二年前に完成したばかりのその大橋の東側たもと、海際には公園が作られていて、夏場ともなると多くの市民が憩いの場にしている。

湾口から入って波も穏やかとなったちょうどこのあたりで、ドラッヘクノッヘンへ寄港する国内外の大型民間商船はいったん停船し、水先案内船から魔術水先士《マジカル・パイロット》を乗せる決まりになっている。

荒れる海に面し、冬場は霧が出て、しかも湾内奥部では商業港側と軍港側の航路が交わるため、かつてこの港周辺ではたいへん事故が多かった。

何度かの凄惨な海難事故のあと、魔術力を持ったコボルトたちによる魔術水先案内を乗船させ、魔術通信により交信を取り合い、また魔術探知によって他航船を探知しながら航行する決まりになって、事故は激減するようになった。

海際の公園横には、ドラッヘクノッヘン港湾管理局の航路監視事務所も作られ、コボルトたちが常駐、湾内航路を監視してもいる。

「航路監視事務所より受信」

グリンデマンの足元で、信号長のオスカー・ヴェーヌス曹長が低い質の声を上げた。

コボルト族、ブルドッグ種。

種族が種族だけにちょっと怖いとも愛嬌があるとも評せる顔の上に、斜めに被ることを好んでいる下士官帽を載せている。

よくこの短い脚で二足歩行できるものだ、周囲にはそう思われている牡だ。ただし、魔術通信担当としての能力は抜群。

彼もまた、疲れ切った表情である。

ちかごろの海軍艦艇には魔術担当のコボルト族がかならず乗り込んでおり、彼は航路監視局からの通信を直接受信していた。疲れ果てた表情なのは、大型艦ほどコボルトは多く乗っておらず、何かあればすぐに日に五交代制で区切られた当直割通りに勤務できない状態に陥ってしまうからだ。

ヴェーヌス曹長は、昨夜からずっと艦橋に立ちっぱなしだった。

「汝、支援の要ありや？　以上です」

「ご配慮感謝す、自力曳航可能と答えろ」

「はい《ヤーボール》、艦長《カピターン》」

グリンデマンは、船体中央の小さな操舵艦橋を支柱のようにして両舷いっぱいに広がっている艦橋兼見張り台の、右舷側端近くまでさっと歩いていった。

文字通り「橋《ブリッジ》」のように見える指揮中枢構造物であって、中央に舵輪《だりん》と羅針儀、伝声管の幾つかがあり、左右両舷でも見張りや指揮ができて便利極まりないが、小型艦ゆえにその作りは小さい。

まるで金持ちの邸宅の庭池にでも架かる、玩具じみた小橋ほどの大きさしかなかった。

双眼鏡を構え、後方を確認する。

艦の航跡波のちょっと後ろで、ざばざば、ざばざばと同隊を組むコルモランが白波を立てていた。

勇壮に進んでいる——のではない。

後続航行しているには近すぎる位置であり、よく見ればメーヴェの艦尾から延びた曳索がその艦首に結ばれ、ピンと張っていた。

コルモランは、メーヴェによって曳航されているのだ。

そのずっと後ろ、やや斜め後方には、やはり同隊のファザーンが心配顔の家族のように二隻に付き添っている。

曳索の張り具合、各艦の位置をさっと確認したあと、グリンデマンは上方を向く。

マスト両舷から四本ずつ延びる信号旗揚降索《ヤード》には、「我、曳航作業中」の信号旗がたなびいていた。

対航船がきたとしても、しっかりと見え、注意喚起できる状態だ。

むろん、こちらの見張り配置も、ふだんより増やしてある。

そっと安堵し、艦橋中央での指揮に戻る。

当然ながら、この間に要した時間は素早く、刹那《せつな》ほどのもの。

ぼやぼやしていたら却《かえ》って危ない真似だ。

部下に確認させて報告を上げさせてもよかったのだが、通行量の増える湾内航路に入る前に、どうしても我が目で確かめておきたかったのだ。

三隻はのろのろ、のろのろと湾内を進んだ。こんな速度で戻ってきたから、本来の帰港予定からは大幅に遅れていた。本当なら昨日の夕刻には戻っている予定だったのだ。

グリンデマンは先任艦長として、この三隻から成る一隊の指揮官兼務でもあった。

昨日の午後、隊訓練のさなかにコルモランはその衝角で鯨を突いてしまった。

船舶と鯨類の接触衝突は、実は陸《おか》の上の者たちが想像しているよりずっと多い事例なのだが、昨日のそれはまた別格だった。なにしろ彼らには衝角が備わっている。

グリンデマンは、事故発生時の様子をありありと思い出すことが出来た。

三隻での襲撃運動訓練中、つんのめるように急停船したコルモランに対し、

「汝、如何したるや?」

「我、鯨を突く」

そんな通信をやりとりした。

鯨との接触事故は珍しくないとはいえ、頻発するというほどでもないから一瞬事態が飲み込めず、

「鯨とは何なるや？」

いったい何があったのだと、そういう意味で、ヴェーヌスに魔術通信で詳細を聞かせた。

相手が聞き取れないような状況に備えて、同じ意味の信号旗も揚げてある。

旗旒《きりゅう》信号で戻ってきたコルモランの返信は穿《うが》っていた。あるいは、まったく天然的に抜けたようにも思える返信を寄越してきた。

「鯨とは、海に棲む、おおきな生き物なり」

メーヴェの艦橋一同、一瞬きょとんとし、ついで大爆笑したものだ。

いやいや、そりゃそうだが、そうじゃないだろ、訊きたいことはそういうことじゃねえと全員で腹を抱えた。

――もし外部の者が目にしていれば、事故直後に不謹慎な、などと思えた光景かもしれない。

だが任務内容や、厳しい自然環境そのものを相手にすることまで含めて、平時から過酷な日常を過ごしていることが多い海軍では、深刻な場面ほど笑いに変えようという空気が、集団共有として存在した。

それが彼らの言うところの、粋や茶目であり、洒落《しゃれ》っ気であり、流麗である、と。

しかつめらしい規約など抜きに、家族的な付き合いをする小型艦ではとくにそうで、しかもオルクセンの海軍はまた格別にそのような気質だ。

主体となっているオーク族はもともと、わいわいがやがやと明朗に周囲と語らうことを好む種族である。その特徴と相まって、いかに明るく振舞うかは、オルクセン海軍を支配した空気である。

しかし――

メーヴェがコルモランへと近づいてみると、事態は意外に深刻であった。

まず、衝突した鯨が思っていたより大きい。

しかも小型艦の割には造りの大きな衝角が、がっしりと食い込んでいる。艦首上から索を腰に結びつけてぶら下がった水兵が斧を携えて対処しようとしており、海面は既に泡立つ鮮血で染まり、真っ赤になっていた。

なによりも――

機関後進をかけて抜け、なぜそうしないと問うメーヴェに対し、コルモランが寄越した返信内容こそがいちばん深刻、重篤、重大なものだった。

「我、機関故障」

鯨へと衝突した衝撃で、コルモランの蒸気機関はおしゃかになっていたのだ。

二時間かけて鯨の排除と修理を試みたが、機関は完全に再起不能。やむを得ずメーヴェで曳航して帰ることになり、その準備にまた小一時間を要し、進み始めた夕刻には、なんとも間の悪いことに海が荒れてきた。三隻で小さな船体をもみくちゃにされながら、まるで牛歩の如き航海となり、あちらの備品は壊れる、こちらの装具は流されると、悲惨極まる状態となった。

メーヴェもたいへんだった。

夜半には給水系に機械油が混入。

必死の水兵たちがせめてものひと息に熱いコーヒーを飲もうとしても、完全に油交じりで、飲めたものではなくなった。

揺れに揺れる状況だけに烹炊所《キッチン》は満足に火を入れることも出来ず、また仮に可能であったとしても調理がやれる状態などではなく、皆で乾パンと、焼きも茹《ゆ》でもしていない燻製《くんせい》ヴルストを貪《むさぼ》るしかなかった。

——そうして一晩かけて帰ってきた。

だからグリンデマンは疲れきっている。ヴェーヌスも。いや、一隻あたり八〇名、三隻合わせて二四〇名の乗員全てが。

一同、またか、という思いが強い。

——コルモラン型砲艦は、完全な失敗作だったのだ。

ヴィッセル社のいう「夢のような軍艦」は端的に事実を示してはいたが、夢は夢でも悪夢のような代物であった。

荒い北海を行くには、船体が小さすぎた。

その小型な船体に比べて造りの大きな衝角は、安定性を阻害して揺れを増大させた。

ヴィッセル社お墨付きだったはずの高性能機関は、技術的な熟成がなされておらず、故障を頻発した。

砲艦として使うには、砲の数が少なすぎる等々——

付け加えれば、数年前に前部ウェルデッキに追加装備した新兵器、アルビニー魚形水雷のたった一本の火薬式発射管が、艦のシルエットを更に不格好にし、揺れも増幅させた始末である。

おまけに建造された時期が悪かった。

艦船分野においても技術革新が一挙に進んだ時期に造られたため、同型艦といえども細かな部分が違っている。

まず機関型式はヴィッセル社が大慌てで改修を重ねた為もあって、それぞれ別個のものが積まれていた。

船体構造も異なっている。

一番艦コルモランは、鉄製。二番艦ファザーンは鋼製。三番艦メーヴェはモリム鋼製だったのだ。

こうなってくると、細かな要目は三隻でバラバラである。

そもそも「軍艦」とは、艦の性能と乗組員の技量とが一体となって、初めて全力を発揮できるものだ。たとえ同型艦といえども何処か「癖」のような部分が一隻一隻に現れるところがあり、それがこうも細部で異なるのでは、戦隊としての統一行動にも苦労することが多々あった。

ついには三年前、グスタフ国王臨御の荒海艦隊大演習で演習海域に三隻揃って遅参してしまい、当時オルクセン海軍内でいちばん有名となった魔術通信文を、艦隊旗艦から最大出力で放たれてしまった。

「第一猪突隊は何処にありや？　全荒海は知らんと欲す」

それからさほど間をあくことなく、海軍最高司令部と、ヴィッセル社の間で責任の擦《なす》り付け合いともいえる激しいやりとりがあったあと、第一猪突隊は解隊になった。

いまでは三隻で、第一一戦隊という一隊を成している。

元々は老朽艦を配して沿岸防備を行う隊の番号であったから、海軍上層部が彼らをどのように見ているかは明らかであった。

おまけに海軍は、もうこのような小型の艦を造らなくなり、ある程度コルモラン型より大きさのある、性能や技術的視点からも余裕を持たせた艦ばかり造るようになった。

——そんな反省結果が得られたのだから、いいじゃないか。

海軍上層部のなかにはそう口にする者もいたが、乗員一同の心が慰められようはずもない。

おまけに今では、第一一戦隊と呼ぶ者すらいなくなっていた。隊編成後も故障やこれを起因とする任務遂行困難が相次ぎ、ついについた渾名《あだな》が、

「屑鉄艦隊《シュロットアイゼンフロテイレ》」

屑鉄というのは実はまだ上品なほうで、そのニュアンスとしては「ポンコツ」と表現すべきものに近い。

三隻乗員一同の心が、大いに傷ついたのは確かである——

「艦長」

「おう」

艦橋に若い中尉が上がってきた。

若いというには、豊かな赤毛の髭面。

体躯はグリンデマンの半分ほどしかない小柄で、ずんぐりむっくりとしており、がっしりとした筋肉質。発音は、彼の種族全体の特徴として、ぼふぼふと空気が漏れるような塩梅《あんばい》である。

メーヴェ砲雷長ドゥリン・バルク。ドワーフ族。

彼の種族の特徴からか、士官下士官全員を笑わせるほどの、猥談《わいだん》の得意な奴だ。ただし、配置中は真面目目極まりない。

「どうやら何とか保《も》ちそうです。ホルマン機関長は、太鼓判まではとても押せんが、とのことですが」

「そうか。ご苦労さん、少し休んでろ」

機関の具合のことを言っていた。

今朝になって、メーヴェの機関の調子も怪しくなってきたのだ。蒸気系にふけこみがある。どうもどこかに煤《すす》が溜まっているらしい。

バルクは配置こそ砲雷長だが、コルモラン型砲艦のような小さな艦には副長は配属されておらず、その役割の兼務でもある。

また生家が鉄工所であるというので多少機械に詳しいところがあり、機関の具合を見に行かせていたのだ。

ようやく、ドラッヘクノッヘン港内にあって、本港と支港グロスハーフェンの分岐する箇所にさしかかった。

ここが湾内航路としては一番危険な場所だ。

「長声一発」

「長声一発、了解」

変針してグロスハーフェン側へと舵を切る前に、汽笛を長く鳴らした。これもまた事故を防ぐための、定められた処置だ。

あちらの岬、こちらの浮標《ブイ》と航海上の測的をしながら湾内航路を抜けると、懐かしの――そう、たった二日の航海でありながら、懐かしささえ覚えてしまいそうな母港の姿が見えてきた。

そればかりは堂々とした煉瓦《れんが》造りで、オレンジ色の屋根と、高い尖塔を持つ艦隊司令部庁舎。

マテバシイ科の並木を伴った岸壁。

曳船や水船、給炭船。あれこれと雑事のための汽艇が幾つか。

黄色く塗られた、艦隊係留用の係留浮標。

素人目には何ら他の湾内と変わることのない、艦隊錨地《びょうち》。

そして、艦隊将兵への歓楽街を中心にできあがったグロスハーフェンの街。

むろん、軍艦も碇泊している。

所属艦のほぼ全てがいるようだ。

主力たる、六二〇〇トンの一等装甲艦が三隻。

三四〇〇トンの二等装甲艦が二隻。

その他、甲帯巡洋艦や水雷巡洋艦が何隻か。

俊敏そうな水雷艇数隻が、母艦のまわりで訓練でもしているのだろう、走り回っている。

――総勢二六隻。

これが、オルクセン海軍のほぼ全てといってもいい、荒海艦隊の全容である。

誇らしくはあったが、陸軍と比べて何と小所帯なことか！

各艦、第一一戦隊の姿を認めると、一斉に信号を送ってきた。

「レーヴェより魔術信号。朝飯はもう食っちまったぞ、屑鉄」

「ゲパルトより旗旒信号。しっかり見たぞ、屑鉄」

「パンテルより魔術信号。つまずくなよ、屑鉄」

「グラナートより魔術信号。こっちくんな、屑鉄」

なんとも酷い言葉の数々だ。もし第三者が目撃すれば、何もそこまで言わんでもなどと思えたかもしれないが、これらは全て意訳してみれば、

「お疲れ様。心配したんだぞ。無事でよかった。負傷者はいないか？」

という、彼ら仲間内流の気遣いである。

各艦の甲板には手隙《てすき》の水兵たちが集まってきて、わあわあと手を振りながら出迎えてもいた。

「ふふ、ふふふ……ぶははははははは！」

グリンデマンは我慢しきれなくなって、大声で笑い始めた。

ヴェーヌスも、バルクもまた。乗員一同も。

――これだから海軍はやめられない。

彼らは不屈である。

たとえどれほど酷い艦を与えられてしまったのだとしても、勘弁してくれと罵りつつ、乗組艦を愛してもいた。

艦乗りにとって艦とは、何よりも我が家であり、惚れた女のようなもので、どうあっても憎み切れないものだ。

どうにか使い物になるものにしようと、懸命だった。

彼らは一頭一頭が艦乗りであると同時に、それぞれの分野での専門技術者であり、本職《プロフェッショナル》だ。

良い奴もいて、どうにも理解できない奴もいて、誰から見ても立派な奴も、冗談の過ぎる奴も。

笑いも、涙も、怒りも、希望も、落胆も。

そんなもの全てが一体となって、はじめて「艦」と呼べるのだと誇っていた。

屑鉄戦隊もまた例外ではない。

彼らはその名を、いまでは自称していた。

公の場でさえ、自ら名乗る者すらいる。

そうすることで、精神的な鬱屈《うっくつ》を乗り越えていた。

これまた何とも海軍らしく、一年ほど前、戦隊の水兵たちが旗艦の水兵と酒場で大喧嘩になり、彼らの艦を小馬鹿にされ罵られたとき、

「おお？　おお！　屑鉄さ！　屑鉄で何が悪い！」

などと言い返し、ぼこぼこになるまでやり返して以来、そうなった。

そのとき、酒場を破壊してしまった水兵たちを地元警察署まで頭を下げて迎えにいった当事者であ

るグリンデマンは、げらげらと笑いながら、信号を送ってきた全艦への返信内容を叫び、ヴェーヌスに発信させた。

「我、屑鉄戦隊！　御用はなきなりや！」


——彼らは何故、これほどまでに明るかったのか。

海軍の底抜けの明るさには、何か大きな困難を不屈の精神で乗り越えることが、その背景にあると既に述べた。

そう。彼らの奥底には、ちょっとした不安があった。それを乗り越えようと必死だった。

対エルフィンド戦が近いと噂されるこんにち、圧倒的な戦力を持ち、自信を深め続ける陸軍の連中はともかくとして、こと海軍に至ってはまるでそうではなかった。

それどころか、海上兵力だけを比較すると、エルフィンドのほうが上だったのだ。

なかでも頗《すこぶ》る強力な艦が二隻いた。

装甲艦リョースタ。同スヴァルタ。

堅艦。巨砲。重厚。

他国の海軍士官から「たとえオルクセン海軍が全滅を賭しても沈めることは出来ないであろう」と評されるほどの、キャメロット製、排水量九一三〇トンの化け物である——

第三章

戦争計画

星暦九五四年一一月三日機密指定解除／当該資料のうち一部機密指定解除対象外／閲覧許可済／オルクセン連邦国防省史料保管室
第六号作戦計画第六次修正／星暦八七六年八月七日／国軍参謀本部

序　本作戦計画は従来の第五次修正案までのものと比べ、大幅に内容が変更されている。関係各位にあっては留意のこと。

（一）作戦予定地域
エルフィンド王国ベレリアント半島全域及び周辺空海域。

（二）作戦予定地域概要

総面積七万二七〇平方キロメートル。

国民数八〇〇万　そのほぼ全てが白エルフ族と思われる。

国家歳入一億八〇〇万ラング　過半が内需。

地勢概要　険峻な山脈、湖沼、河川、湧水地、森林が多く、平野部は乏しい。

この地域、なかでも作戦実施予定地域の気候は、半島西部沿岸へと流れ寄せる北星洋海流の影響により、冬季においても緯度の割には温暖である。ただし強い季節風の影響が及ぶ地域においては、体感気温はたいへん低くなる事に留意。

冬季平均気温は、首都ティリアン近郊部で摂氏一度。

山間部を除いた、平野部における積雪量は少なく、地域、年度によっては積雪自体が観測されない。

夏季においては総じて清涼。夏季平均気温は首都近郊で摂氏二〇度弱。

年間降水量は約八〇〇ミリ。

これらの値は、星欧大陸北部とさほど変わりはない。

ただし夏季の西部沿岸及び冬季の半島北部は、たいへんに霧の発生率が高く、この影響はしばしば半島内陸部にまで及ぶ。

詳しくは付属の当該地方地図及び、各位において兵要地誌第[redacted]巻より[redacted]巻を参照のこと。

(三) 仮想敵兵力

〈陸上兵力〉

参謀本部では、仮想敵の最大動員可能兵力を約三七万と見積もっている。

うち歩兵戦力約三二万、騎兵及び砲兵その他約五万。

その大部分は志願制義勇兵により構成された常備制国民兵であり、これに戦時における国民義勇兵動員制を組み合わせたものである。身体能力は高く、とくにそのほぼ全てが魔術通信及び探知能力を有するとみられることが最大の脅威であり、特徴といえる。

ただしエルフィンドは兵器の自国生産能力に乏しい。

主力小銃、火砲等、陸上火器のほぼ全てをキャメロットからの輸入に頼ってきている。

銃弾薬の製造能力はあるが、火砲及び砲弾製造能力については極めて低いと参謀本部は分析している。

〈海上兵力〉

一等装甲艦二隻、二等装甲艦二隻、巡洋艦七隻、砲艦三隻、水雷艇三隻

総じてキャメロット製であり、その性能は高い。

ただし乗組員練度については稼働不活発であるため、我が海軍より高いとは思われていない。

その全兵力は、半島東岸南部にある同海軍唯一の根拠地、ファルマリア港に集中している。

詳しくは海軍側敵情報告資料第[redacted]号を参照のこと。

（四）開戦時我が軍投入戦力（陸上。括弧内については作戦開始時司令部所在位置）

第一軍（メルトメア州アーンバンド）	一七万三〇〇〇
第二軍（メルトメア州クラインファス）	六万五〇〇〇
第三軍（メルトメア州シュトレッケン）	一六万五〇〇〇
総予備（メルトメア州ラピアカプツェ）	六万五〇〇〇
総　計	四六万八〇〇〇

（五）各軍作戦目的（第一段階）

〈第一軍〉

開戦当初、同軍は隷下戦力のうち一個軍団及び増強戦力（約三個師団弱）を割き、シルヴァン川東岸渡渉地周辺よりこれを渡河。

軍団及び軍輜重《しちょう》段列の総力を投じた梯団輸送により支えつつ、同川より約五〇キロ北方の港ファルマリア港を攻略、これを確保すること。

軍の残置部隊は、このため計四本の大型架橋資材を以《もっ》てシルヴァン川に迅速な架橋を実施、輜重《しちょう》隊を抽出部隊へと追従させること。

また同期間中、一線部隊には輜重《しちょう》隊追従困難な場合に備え、現地調達を許可する。

本作戦により、仮想敵唯一の海軍根拠地を奪取し、この継戦能力を破壊せしめるとともに、海上補給路による兵站拠点地となるファルマリア港を確保することを第一目的とす。

同港商業港には港湾施設はもとより港湾引込線まで存在している。奪取に成功し、本国より船舶輸送にて鉄道車両及び兵站物資を送り込む事で第一軍の行動を戦役全期間にわたって、更には全軍の兵站を支え得る事も可能であろう。

なお本作戦劈頭《へきとう》、仮想敵海上兵力に痛打を与えるべく、海軍による海上作戦が実施される。これは本作戦に対する大いなる支援となると同時に、本作戦成果が海軍作戦の結果を確実な物とする事を踏まえ、海軍は大きな期待を寄せている。

我が国初の、陸海共同の性質を帯びた作戦となる点に留意すべし。

〈第二軍〉

第六号作戦計画第五次修正案以降、大きな変更はない。

仮想敵のシルヴァン川南岸入植地のひとつであるノグロスト市を奪取、占領すること。その後は同地を中心に西岸部一帯の警戒、味方部隊の側防にあたること。

〈第三軍〉

第一軍の編成変更に伴い、一部兵力を抽出した事から従来計画より兵力を減じている。

これは兵站《へいたん》線の負荷を低下させ、むしろ運動力と戦略的兵力価値を向上させるための処置である。

またその作戦方針は第五次修正案と大差なく、開戦劈頭、ただちに仮想敵シルヴァン川南岸入植地の中心地である、旧ドワーフ領首都モーリアを攻撃、占領すること。

同市域には、シルヴァン川唯一の橋梁群である、作戦呼称パウル橋梁群が存在する。

同橋梁群を速やかに占拠、確保し、自軍進撃路及び兵站路とすること。

(六) 各軍作戦目的 (第二段階以降)

〈第一軍〉

第一軍には二つの作戦行動が想定される。

一つは敵海上戦力の無力化に成功した場合、いま一つはそうでなかった場合である。

前者の場合、全軍を以てファルマリア港に集結。

同地を兵站根拠地として、また同地より延びる一部復線化された鉄道路を進撃路及び兵站路として利用しつつ、仮想敵東部沿岸を北上。

この方面の敵兵力を誘引、撃破しつつ、各地の港を奪取せよ。

最終的には、仮想敵首都東方に広がるネニング平原に到達。同地にて第三軍と合同、協力。仮想敵残存野戦兵力の撃滅を図る。

なお、陸海共同の末においても敵海上戦力の撃滅が成らなかった場合、海上補給路は確保できない。

その場合ファルマリア港の港湾施設を徹底的に破壊後、陸上兵站線の負荷のかからぬ位置まで撤退し、第三軍の側防警戒にあたること。

本作戦は我が陸軍にとって初となる陸海共同作戦であるが、半島進撃を継続することとなった場合の必要船舶及び搬入鉄道車両の計上、調達、確保には兵站局が万全を期している。

とくに鉄道車両については鹵獲《ろかく》車両の使用は前提としていない。軍にあられてはご安心されたい。

〈第二軍〉

西部沿岸地帯を警戒しつつ、戦況許さば仮想敵本土西方海上に浮かぶ島嶼《とうしょ》を海軍と共同の上、奪取、占領せよ。

西方島嶼を代表するアレッセア島は仮想敵における数少ない商業港、鉄鉱石鉱山、周辺有望漁場を有し、戦争がどのような形勢で終結するにせよ、有力な交渉材料たりえる。

〈第三軍〉

同軍はモーリアと我が兵站拠点の鉄道線連結後、シルヴァン川北岸より侵攻、仮想敵地最大の穀倉地帯であるアルトカレ平原を確保しつつ、同平原中央にあってこれを扼《やく》すアルトリア市占領を目指すこと。

同地は旧時代のものながら要塞《ようさい》都市化されており、また駐留戦力も相当大規模なものが見積もられる。万難を排して撃滅、排除せよ。

アルトリア確保後の行動は、本軍においても敵海上兵力撃破の有無によって二つの案が存在する。

海上兵力が撃破され東岸海上補給路が確保された場合、これは第一軍が半島東岸を北上することを意味する。

その場合、第三軍はアルトカレ平原を突破、同半島中央山脈群の山間道を抜け、ネニング平原にて第一軍と会合。共同一致し、敵残存野戦兵力を撃滅すべし。

不幸にして第一軍が北上を断念した場合、第五次修正案と同様の事後行動をとる。この場合、総軍予備兵力より必要兵力が第三軍に充当される。

参謀本部は総力を以てこの兵站を支援するから、軍単独を以てネニング平原に到達。同地にて敵野戦兵力を撃滅せよ。

(七) 各地域仮想敵陸上兵力予想

アルトリア方面　一六万乃至《ないし》一七万
ファルマリア方面　一万乃至二万
首都ティリアン及びネニング方面　一八万

(八) 作戦全般説明

本作戦の眼目は、その極めて高い柔軟性にある。

従来の第六号計画は、第三軍に作戦上の役割全てを期待している硬直性のあるものだったが、本修正では第一軍の作戦行動が追加されている。

敵海上兵力撃滅に成功した場合の事後行動における第一軍と第三軍は、そのどちらが主攻というわけでもなく、また助攻というわけではない。仮想敵兵力が第一軍を押さば第三軍が進み、第三軍敵兵力吸引せば第一軍が敵首都に雪崩《なだれ》込む。

またすでにご理解いただいたかと思うが、双方が初期段階作戦地域周辺の敵兵力を撃滅出来れば、両軍はネニング平原にて会合。圧倒的兵力を以て残存仮想敵兵力及び敵首都攻略を行い、仮想敵に城下の誓いを為《な》さしめるであろう。

敵動員可能兵力からいって、仮想敵が第一軍及び第三軍の双方を抑え込むことは不可能であると参謀本部は考えている。

また不幸にして海上兵力撃滅不成功に終わりしときは、従来計画通り第三軍がその猛進猪突を遺憾なく発揮すべく対応できる柔軟性をも含有させてあることもご理解いただけたものと思う。

(九) 特記

作戦実施予定地域全般においては、エルフ族及びかつてのダークエルフ族が聖地として奉じている箇所が多数存在する。

これは彼女たちの種族にとって、赤子として生まれ出でる場所であり、文字通り母なる地といえる。とくに後者のものについては、今後の国民数増加への期待もあり、各軍は隷下部隊に対し徹底した保護と管理を行い、間違っても戦禍に巻き込まぬこと。所在地については付属資料第[redacted]号を参照のこと。

なお本作戦の実施下においては、技術的手段及び道徳的概念の発展著しい昨今、列商各国による注視の目が極めて高いと思われる。

各軍は、一兵士に至るまで軍規の徹底を図ると同時に、諸外国観戦武官及び国内外記者従軍せる場合はとくに彼らの扱いに自ら充分配慮すること。

本計画書のご裁可を求めたところ、国王グスタフ・ファルケンハイン陛下におかれては大いにこれをお気に召され、即断了承された。

また陛下ご自身はオルクセン国王としての責を果たすべく、第一軍の御親率を希望されている。

これが実施された場合、国軍参謀本部は国王副官部及び各省より派遣の次官と合同、戦時大本営設置条例に基づく国王大本営として陛下に同道、総軍指揮と第一軍の作戦指導を輔弼《ほひつ》する。

また国王陛下におかれては、本作戦に対し作戦名を下賜《かし》された。

対エルフィンド侵攻作戦「白銀の場合《ケース・ジルバーン》」

爾後、第六号計画は同名称に改称する。

我らの母なる大地、母なる祖国に豊穣あれ。

正署　国軍参謀本部参謀総長　陸軍上級大将　カール・ヘルムート・ゼーベック
副署　同参謀本部次長兼作戦局長　陸軍少将　エーリッヒ・グレーベン

対エルフィンド侵攻作戦
作戦計画
《白銀の場合《ケース・ジルバーン》》
ベレリアント半島
アシリアンド
ノアトゥン
ラムダル
エルドイン
ヴォルヴァ フィヨルド
ヨトゥン フィヨルド
エルフィンド
バラル湾
タスレン
リヴィル湖
ブラバソル湾
エヴェンマール
ベグラスト湾
リナイウェン湖
ティリアン
エーレン
ティアネン
エレントリ館
ヴィハネスコウ
ネニング平原
ネヴラス湾
シスレン湖
ネヴラス
ヴィンヤマル
トール峠
エレド峠
ファスリン峠
アルウィン
ファルマリア
ベラファラス湾
エイセル峠
リントヴルム
XXXX
1
(グスタフ)
173,000
アーンバンド
アルトカレ平原
アルトリア
アレッセア島
シルヴァン川
ハウル橋梁群
ロザリンド
ノグロスト
モーリア
XXXX
3
(シュヴェーリン)
165,000
シュトレッケン
XXXX
2
(ツィーテン)
65,000
クラインファス
リヒトゥーム
XXXX
総予備
(ボーニン)
65,000
オルクセン
ラピアカウツェ

オルクセン北部メルトメア州。

州都ラピアカプツェ。

居住民数一四万五〇〇〇。

オルクセンに八つある州都のなかでは、小さな都市である。

街の規模としては、メルトメア州内だけを見渡してみても、同州北海沿岸にある港湾都市クラインファスのほうが大きなほどだ。クラインファスの街はキャメロットなどとも交易がある貿易港であり、また北海漁業も盛んであり、幾らかの工業もあって、富んでいた。

一方のラピアカプツェは、工業よりも農業、酪農や牧羊などを産業中心とした街である。

グスタフ国王がかつて国土全土に造営した農事試験場のうち、オルクセン北方の天候や土壌に対応するために設けたかなり大規模なものが古くからあり、いまではこの用地を取り込んで国内最大の農業大学がある。

同大学は農業であれば幅広く教鞭をとっていて、なかでも酪農、畜産、牧羊を得意とした。

この学府が域内に広めたバロメッツ種の羊は毛量の採れ高がよく、多くの農家にとって重要な糧となっている。

星欧における羊毛産業は、キャメロットがこれを席巻《せっけん》するほどシェアを占めていたが、オルクセンは粘り強く続けていた。国からの援助もいくらかあった。

羊毛からできる毛織物は、民需用のみならず軍の被服、外套の類にもなり、この原材料を国産で賄えるか輸入に頼るしかないのかは、重要な国防上の選択たり得たからだ。

またバロメッツ羊には肉量もあり、市内を中心に食肉としても供給されている。

羊の肉には独特の臭みがあるが、その臭みの控えめな子羊のものが中心に流通し、また臭みを打ち消すための調理法も考案されており、ラピアカプツェで生産されている濃厚な味わいのビールと合わせて、いまでは同市の名物にまでなっていた。

このように一見長閑《のどか》な地方都市という趣のラピアカプツェには、もう一つの顔も存在した。

多くの軍部隊が駐屯、衛戍《えいじゅ》していれば、その司令部施設もある「軍都」としての側面だ。

オルクセンの州都は、もともと旧政オルクセン時代に存在した膨大な数の軍をロザリンド会戦後に八つの軍団に整理整頓し国土に分散、その各駐屯地方での生存競争の中心たらしめようとした、グスタフ王の制度の下に発展した。

改革や連絡を為すにはどこか一箇所に集まっていたほうがやりやすくもあったが、そんなことをオーク族がやったら、たちまちのうちにその地方は干上がってしまう。

だからグスタフは、軍を八つに分けた。

何かあれば自ら赴き、彼らを即戦力的な現地労働力にして、農耕や酪農、産業殖産等を指導したのだ。

州に軍団、県に師団、郡に連隊。

そんな具合に配され、新生オルクセンの汗と涙と労苦、歓喜と笑いと豊穣とを勝ち取ってきた彼らは、行政や治安維持の中心的役割を務めてきた時代もあったから、自然、オルクセンは軍事国家となった。

国防法で師団の数が決まっているのも、このため。

このように伝統ある組織は、簡単に増やすことも減らすこともできない。なかでも州都における軍の存在は大きく――

ラピアカプツェも例外ではなかった。

星暦八七六年現在、第七擲弾兵《てきだんへい》師団、第七軍団隷下重砲旅団、各工兵隊や補給隊などが衛戍し、なかでもひときわ大きな軍施設が市内郊外の第七師団中枢と同居していた。

――北部軍司令部。

平時においては北部三つの州の軍組織を管理統制している、あの猛将、アロイジウス・シュヴェーリン上級大将の司令部である。

「おはようございます、上級大将」

「うむ、おはよう！」

やや眠たげな顔で、自身の腹心たる軍参謀長ギュンター・ブルーメンタール少将の出迎えを受けたシュヴェーリンは、前日夕刻職務を終了してから届けられた隷下部隊からの報告書や、朝届けられることになっている軍中央からの通達書を受け取り、熱く濃いコーヒーをオーク族特有のまるでビアカップのようなコーヒー碗から含み、火のついていないパイプを咥《くわ》えつつ、軍司令官公室の執務卓でこの日の執務を開始した。

報告書や通達書を眺め、ときに読み込み、ブルーメンタールに質問をし、署名する——

その様子は、ふだんの彼が周囲から抱かれる心象とは、まるで違っていた。

シュヴェーリン上級大将といえば彼を知るほとんどの者が連想するのが、闘将、猛将、歴戦の士。豪放磊落で、粗野で、騒がしい。その声は銅鑼《どら》の音のようで、ときに戦場いっぱいにまで広がるほど大喝一声、隷下全軍猪突して、居並ぶ敵をなぎ倒す——

彼の騒がしさは、実にオーク族らしく朗らかで、一度懐に入れた部下将兵全ての面倒を親身に見るというような、まったく根明《ねあか》な質のものだったから、「粗にして野だが卑ではない」、そんなところだ。そういった心象を、彼のあの戦場での古い傷跡と、折れた片牙、筋肉質の巨躯とが補強して増幅、相乗させてもいる。

ところが。

家族や、あるいはブルーメンタールのように己が長女の婿《むこ》でもあるような最側近だけを前にしたときの日常の彼は、非常に慎ましく、静かで、紳士的であり、教養の雰囲気さえ漂わせていた。たいへんな勉強家でもある。

いまも自身の知識、認識において不明を認めた箇所については、丁寧にブルーメンタールに質問し、その回答に素直に耳を傾け、吟味、咀嚼《そしゃく》して、理解しえたと判断してから、署名をいれる報告書もあった。

「参謀長、この兵站局が書いて寄越した刻印魔術式物品管理法というのは何だ？」

「ああ、何か新しい試みのようです。シュトレッケン市に一部完成した兵站拠点駅で実験してみたいと。上手くいけば鉄道車両からの需品の荷下ろし、管理時にたいへんな効果を発揮するとか……」

「なるほど、なるほどな……刻印魔術式物品管理法、刻印魔術式物品管理法……」

何度かメモに書き記し、早くもその新たな用語を覚え込んでしまったようである。

ちなみにそんなメモ類は、今回のように軍の機密用語が含まれていることがあるため、ちゃんと丁寧に破棄もする。

そうやって覚え込んだ事柄の数々を、すぐに我がものとして展開、考察、分析する能力もあった。

「しかし、なんだ、シュトレッケンもそうだが……参謀本部の連中、よくこれだけ短期間で兵站拠点駅を五つも国境部に着手できたな。最大の兵站駅で五面一〇線。引込線、転車台、給炭給水設備、格納庫や糧抹保管庫群に輜重《しちよう》馬車用展開路……他もさほど変わらん。ざっと総予算一三〇〇万ラングだったか。本年度の臨時軍事会計費は、アンファングリアの編成でほぼ使い切ってしまったんじゃなかったのか？」

「どうも、あくまで噂ですが……」

「うん？」

「装備更新で返納されたＧｅｗ六一小銃の一部を、もちろん一部をですが、陸軍省や財務省に未決のままファーレンスに売り飛ばしたそうです。むしろ収支として余ったと。陸軍省のボーニン大将はかんかんだと聞きました」

「……ふふ。ふははは！　やりおる。やりおるな！　おおかた、グレーベンの坊主あたりの考えそうなことというところか。しかし、また参謀本部の独断と暴走だと言われかねん。ボーニンの奴は誰かが宥《なだ》めてやらにゃならんな……あとで手紙のひとつも書いて、酒の一本でも送っておくか」

――面白い方だ。

彼との軍及び私生活上のつきあいまで長いブルーメンタールでさえ、そのように思えてしまう。

シュヴェーリンは、そんな牡《おとこ》だった。

あるいは、当然のことだと言えるのかもしれない。

勉強家でなければ、己が研鑽《けんさん》を続ける者でなければ、一〇〇年以上軍で幹部は務まらない。

日々新たに接する新技術や、戦術や、思想。

とくに科学技術の発展著しい昨今、そんなものの知識更新を図っていかないと、いかな長命長寿、不死にさえ近い魔種族といえども、ただそれだけでは現役を続けられるわけがなかった。

シュヴェーリン自身としては、なんと読書家でもある。

毎晩寝床におさまると、愛妻の傍らで本を読む。

その行為自体も、彼の若いころのオルクセンには国家制義務教育などなかったから、文盲だったところを、一軍の指揮を執るようになってから必死に文字を覚えたうえでのことだ。

枕頭に持ち込むのは古今の兵学書や歴史書が多かったが、意外極まるともいえる趣味嗜好《しこう》としてはキャメロットの文学を愛していた。いまではキャメロット語の原書とも不自由なく向き合える。

もう数十年前のことになるが、オルクセンとキャメロットのあいだに修好通商条約が結ばれたとき、グスタフ王は今後の人間族の国々との付き合いを深めることも見越して、調印のため自ら同国の首都に赴いた。

シュヴェーリンはそのとき主席随員を務め、彼の目からは非常に洗練されたものに映った、キャメロットの文化に魅了されたのだ。

愛飲酒としてもキャメロットでそのころ生まれたブレンデッドウィスキーを知り、名門キャメリッシュ・ブラックバーンを好むようになって、なかでも故郷北部の山々から切り出された清廉な氷塊をグラスに入れ、ロックにすることを何よりの贅沢《ぜいたく》とした。どうもその飲み方自体は、常温での飲用を習慣とするキャメロットの人々からではなく、グスタフから教わったらしい。

文学としては、キャメロットの生んだ偉大な劇作家のものを好んでいた。

その劇作家が送り出した劇脚本が全集化されたひと揃いを彼自身への土産として持ち帰って、毎晩寝る間も惜しんで――あのオーク族の者が、寝る間も惜しんで読んだ。それほどに魅了されたのだ。

喜劇、悲劇、滑稽劇。

魅惑的な物語の数々に接することは、実務上の必要性に駆られての勉強熱心なばかりに過ごしてきたシュヴェーリンにとって、初めて彼一個の牡として得た文化的読書であったのかもしれない。

しかし――

彼は事情を知らぬ他者、とくに兵たちの前では、剛毅で、豪放で、磊落な「シュヴェーリン親父《おやじ》」のままであり続けた。

教養的な部分は、その一切を包み隠していた。

それはシュヴェーリン曰く、絶対に必要なことだ。

断じて譲ることの出来ない矜持であった。

そんな真似、振舞いこそが兵たちを惹きつけ、士気を保ち、ときには無茶もさせ得て——戦時ともなれば、死を賭しての任務を命じることが出来るのだ、と。

これもまた、長い軍隊生活で彼が「学び得た」ことなのかもしれない。

兵たちは無論そんな彼を慕った。「親父」「我らの親父」と。

そうであるからまた、軍におけるシュヴェーリンの指揮は一見無謀のように見えながら、その実たいへん計算高く組み上げられたものだった。

彼はよく「オーク族の軍隊にとって、無茶が通るのは四日が限界」と口にするが、ではその四日目一杯かかるような作戦は決して立てなかった。

彼曰く「戦場には匂いがある」といい、味方の機微と敵の気配を感じ取ることこそが己のような質の将官の為すことで、その匂いを嗅ぎ取った上でたいへんに絶妙な采配をした。

例えてみるなら二日というほど杓子定規に慎重ではなく、四日というほど兵に無茶をさせず。三日目に目標を叩き落すような、そんな指揮を執った。決してただ無謀に突っ込んでいるわけではなかったのだ。

ブルーメンタールは一度、シュヴェーリンに彼の私的な部分も少し表に出してはどうかと勧めたことがある。それはそれで、貴方の魅力である、と。

シュヴェーリンはまったく不思議そうな顔をしたあと、その太く短い首を横に振った。

「この世は舞台、生きとし生ける者はみな役者というではないか」

そうして、兵たちの前ではあの粗野で豪放ないつものシュヴェーリンのままであり続けている――星暦八七六年のこのころ、彼はその「演劇」に必要な小道具を、どうやって来るべき将来戦場に持ち込んでやろうかと、それればかり考えていた。

軍用兜《ピツケルハウベ》だ。

それは彼にとって長い間、兵たちの士気を盛り上げてやるための必須の「小道具」で、己は逃げ隠れもしない、常に兵たちとともに最前線に立つ、シュヴェーリン親父ここにありと示すためのものだった。

彼はもう、ずっとそんな真似をしていた。

デュートネ戦争のころなど、当時将官や士官の制帽だとされていた二角帽を極めて大振りに作り、派手な飾りをつけて出征したものだ。

しかしこれに関していえば、既にグスタフ王の、「来るべき将来戦争においては、軍幹部及び将校はみな略帽を被って出征せよ」との厳命があったのもまた確かである。

シュヴェーリンにしてみれば、兵から怯懦《きようだ》と見られるのは耐えられない。

どうしたものかと、執務をひと通り済ませ、このころ新たに参謀本部から届けられた作戦計画書について部下たちと討議を重ねたあとで有閑《ゆうかん》を得ると、頭を悩ませてばかりいた。

「それほどお悩みでしたら、もう何も仰られず被《かぶ》っていかれたらどうです？」

「……それはできん」

奇妙なことにシュヴェーリンは、王の命を完全に無視することもまた、己には出来ない、決して出来ないという。だから何か手を考える、と。

これもまたブルーメンタールからすれば、たいへんにわかりにくい、この闘将の心の機微であった。

シュヴェーリンの軍における立場は、他者に類を見ない。

ゼーベック上級大将やツィーテン上級大将と同格ということにはなっていたものの、オルクセン軍幹部としては経歴も実力も一頭抜きんでていることは間違いなかった。

また彼の隷下部隊は、シュヴェーリンをたいへん慕っており――こんなことをもし口にすれば王への忠誠篤い彼からは八つ裂きにされかねないが、仮に彼が叛乱決起を企てたとしても、多くの部下将兵がこれに従うだろうと思えるほどのものだ。

他国なら彼のほうから気を遣うのではない、王のほうが気遣いを要するほどの身に、シュヴェーリンはあった。

だが、シュヴェーリンは決して、断じて、絶対に王の命を裏切ったことがなかった。主君の言葉には背きたくはないのだ。それは出来ない、やれない、やりたくない、という。

どうもブルーメンタールが彼との付き合いを得るようになった以前――あのロザリンド会戦のあたりで、王とシュヴェーリンには何かがあったらしい。そしてそれゆえに、シュヴェーリンは「儂《わし》は王を裏切れん。二度と見捨ててはならんのだ。王はもう気にしてはおられんが……あれは一生抱えていく儂の罪だ」そう漏らしたことがあった。

闘将シュヴェーリンがそのような相克に悩んでいたこの日午後、グスタフ王から私信のかたちで小包が届いた。首都からわざわざ、国王官邸副官部のミュフリング少佐が携えてきた。

「お。おおお、おお！　ありがたい、ありがたい！」

シュヴェーリンは実に嬉しそうに、その場で包みを開封する。

珍しいことではなかった。

周囲と騒ぐことを好むオーク族は、よく折に触れて仲間内で何かを贈り合う。

なかでもグスタフはそうで、抱え入れた腹心には分け隔てなく、彼らが喜ぶ何かを贈った。ひとつひとつは決して豪華なものではなかったが、それゆえに余所余所《よそよそ》しさなど微塵もなく、真心がこもっていると贈られる側からは思われる品が多かった。

シュヴェーリン宛でいちばん多いのは、キャメリッシュ・ブラックバーンだ。

同じような価格帯のものを贈り返すのが習いで、シュヴェーリンは王に喫煙具や、なかでもパイプを献上することが多い。かつて王にパイプ煙草《たばこ》を教えたのは、自身でもその嗜好を持った彼なのだ。

ただ、この日はちょっと様子が違っていた。

軽かった。たいへん軽い。

包みをとき、中身を見て、また同封されたグスタフからの手紙を一読したシュヴェーリンは、

「……王！　我が王！　感謝しますぞ！　ああ、王、我が王。これでこそ我が王……」

この牡《おとこ》、涙まで流した。

王からの下賜品は、まだとても珍しい防塵眼鏡であった。

革材と、真鍮の枠、高価なドワーフ族製耐圧《トリニタイト》ガラスを用い、やはり貴重なゴム素材を使って作られ

ており、全体的な仕上げは土埃色《つちけむり》。オーク族の体躯にあわせて作りは大振りである。

手紙にはこう綴《つづ》られていた。


シュヴェーリン　我が誇りの牙　この悪党！

きっとお前は、どれほど諌《いさ》めても軍用兜を被って行きたがるだろう。

全軍全将兵の手前、それは許さない。

だからこれを贈る。これを略帽の胴に巻いていけ。兵たちへの誇示にしろ。

参謀本部から、例のもののいちばん新しいやつはもう届いていることと思う。

発動の暁には、第一軍は私が自ら率いていくつもりだ。第三軍はいままで通りお前だ。

つまり私たちは肩を並べて行くのだ。

かの地の首都で会おう、シュヴェーリン！

グスタフ

秘するべき内容があるものは必ず丁寧に処分する闘将シュヴェーリンは、この手紙だけはそうしなかった。

そして家令に命じ額を用意させ、己が邸宅の書斎に飾り、毎日のように眺めた。

信仰を持たず大地と豊穣への感謝の念しか持たぬオーク族の彼にとって、一種の崇拝の対象であるかのように扱った。

オルクセンが全力を以《もっ》て想定していた戦役が始まったときには、同期間中における彼の軍装の最大の特徴となったその防塵眼鏡を略帽に巻き、出征した――

「来たれコボルトの勇士諸君。極めて危険な任務。高額手当支給。要、記載体格要件。階級は問わず。選考あり」

その奇妙な募集要項が、軍に属するコボルトたち向けに発せられたのは、まだ八七六年の夏が訪れる前だった。

各地の衛戍《えいじゅ》地《ち》の食堂で、どこの軍施設にもある部隊内向け掲示板に張り出された。

君だ、君こそ必要なのだ、そんな具合に見える、こちらへ指を突き出すような図案で募集を盛り立てるコボルト兵も描かれていた。

どうも、記載の体格要件を見る限り、小柄なコボルト兵を集めたいらしい。

いったいどんな任務に就くのかは、まるでわからない。それでも全国各地から、総じてみればなかなかの数になったコボルトたちが上官へと志願を願い出て、連綿と、選考試験を受けるべしとされた首都ヴィルトシュヴァインの第一擲弾兵師団衛戍地へと向かった。

ある者は高額手当という箇所に惹かれていたし、またある者は危険な任務という言葉に、子供っぽい、無垢な愛国心を刺激され、純粋な憧憬や義侠心を抱いて志願していた。

これから先に見るもの、聞くもの、また全ての選考を無事終え辿り着いた先に待ち受けるものについては、例え脱落しても一切他言しないという誓約書に署名させられたあと、幾つかの集団にわかれて、彼らは奇妙な試験を受けさせられた。

身長、体重、視力、聴力。

肺活量。

種族としては総じて高いものである、夜目が利くかどうか。

その様子は、少し徴兵検査と似ていた。

一次選考に受かった者は、また別日に集団となって、今度はとびきり妙な試験を受けさせられた。

どうも軍や民間の学者らしい連中の立ち合いのもと、ヴィルトシュヴァインにある大時計台の尖塔へと連れていかれて、観光展望台から下を覗いてみろという。

まるで平気な者ももちろんいたが、怖がる奴が続出した。彼らの選考はそこで終了である。

また、こんな試験もあった。皆で首都東方郊外の、なかなかの高さのある山に登らされて、耳が張った感じにならないか、痛くならないかと質問されたのだ。なっても構わないが、唾を飲みこんでも元に戻らない者は、また選考から外された。

残った者たちは、日を選んで首都大学の体育科運動館へと送り込まれた。

また官民の関係者らの立ち合いのもと、そこで受けさせられたのは、困惑を覚えるほどの内容ばかりだった。

移動遊園地の回転遊具を改造したらしい装置で、円弧を描くように、ぶん回される試験。同様の器具で、どんどんと上下に揺さぶられる試験。

ブランコのような器具にぶら下がって、前後に行ったり来たりさせられる試験。

挙句、腰にロープを結ばれて、校舎の上から飛び降りてみろなどという試験まであった。もちろん、万が一の事態に備え地面には分厚い緩衝材が敷かれていたが。

奇妙なことに、彼らを篩《ふるい》にかけていく連中は、コボルト族たち最大の特徴である魔術力にはあまり興味がないようだった。

確かに魔術については最初から募集要項にはなく、有無や強弱を調べる試験はあったがそこで落とされる者もおらず、また魔術力の高さから自信満々でやってきたコボルトが、あっさりとどこか別試験の段階で選考から外されることまであったからだ。

魔術力があればあるでいいが、なければないで構わない、本義は別試験の内容。それが試験官たちの態度だった。

そうして何度かそのような奇妙な選考を繰り返すうちに、最終的には五〇名ほどのコボルトが「合格」となり、首都南方郊外シャーリーホーフに存在した軍衛戍地へと、辞令書を与えられて、汽車と軍用馬車に乗せられ、送り込まれた。

「……陸軍臨時気象観測隊？」

「なんだあ、こりゃ」

「何が何だか、さっぱりわからんなぁ……」

多くのコボルトたちは、まず辞令書に記載された部隊名に困惑するばかりであった。

そうして到着したシャーリーホーフは、ちょっと他の陸軍部隊の衛戍地とは様子が違っていた。

兵舎をもっともっと大きくしたような、まるで倉庫の如き巨大な構造物が三つほどある。

庁舎や食堂などの出入口は、うんと大きく両開きの扉になっていた。

高さのある、塔状の見張り台のようなものもあった。

風向きや風の強さを見るためだろう、白と赤に塗り分けられた筒状の吹き流しも。

そして営庭にあたる部分が異様に広く、防水性の太い白布を地面に打ち付けたもので、二重の巨大円が四つほど描かれていた。

何よりも――

もちろんオーク族の兵隊などもいたが、そこにいて場を取り仕切っている連中は、大鷲族ばかりだった。シャーリーホーフは、国軍大鷲軍団の本拠地だったのだ。

総勢五〇羽ほど。

巨大営庭――離発着場に控えていた大鷲の中には、その首元に乗馬具をうんと小さくしたような鞍《くら》と鐙《あぶみ》を取り付け、待ち構えている者がいた。馬具と違っていたのは、手綱は嘴《くちばし》にではなく、それ自体がしっかりと固定された鞍に取り付けられていたことだ――

察しのいい連中が勘付いて叫んだ。

「畜生！　何て無茶なことを考えつくんだ、上の奴ら！　俺たちを、この俺たちコボルトを大鷲に乗せて空に飛ばそうって気だ！」

それは正鵠《せいこく》を射ていた。いやこの場合、正鷲を、というべきか。

そんな方法を思いついたのは、当の大鷲族たちだったのだ。

彼らは三角測量式魔術探知の方法を試しているうちに、その必要性に駆られた。

むろん、理由あってのことだ。

まず、彼らが空に携えていくものが余りにも多くなりすぎていた。

地図、コンパス、おうおう正確に報告するにも距離を測るにも時計や気圧計もいるぞ、などという話になり、これらを収める木枠はどんどん大きくなっていった。

飛びにくくて仕方がない。

また元々、彼らが覚え込むべしとされた軍事上の知識も多岐にわたっていた。

通常の空中偵察での視認にさえ、実に様々なものを学習しておく必要があったのだ。歩兵の隊形にはどんなものがあるか。大砲の種類は。上空から見て集団でいる兵がどれほどの数なのか。いま飛んでいる高度は他種族式に表現すればどれくらいなのか――

また、まるで別の理由から何らかの助けも必要としていた。

大鷲族は、基本的には夜になると飛べない。

いわゆる、鳥目というやつである。

それでも軍の主兵たるオーク族も、最大の仮想敵であるエルフィンドのエルフたちも夜目が利き、夜戦も厭《いと》わないというのならば、彼ら大鷲族としてもどうにかしてその時間帯に役に立ちたかった。

軍に従事している大鷲族から、何とか夜間――月夜の晩くらいにならものが見えるという一〇羽ほどが集められて、夜間飛行を試してみたが、思いもよらなかった障害が続出した。

黒々とした高き樹々や、山立てに必要な稜線が視認できず危なっかしくて仕方ない。

飛び立つのはまだ良かったが、着陸しようにも離発着場との高度が昼間とまるで違って見え、突っ込んでしまいかけた者まで出た。空中で方向感覚や高度感覚を喪失し、挙句には水平に飛んでいるかどうかすらわからなくなった一羽もいた。

離発着場の位置は、衛戍地から魔術通信波を出してもらい、燈火を灯してもらうことで確認できるようになったが、こんな危なっかしい飛行はよほどの覚悟か――誰かの手助けがなければやれないことだ。

大鷲軍団団長ヴェルナー・ラインダース少将は、正直なところ頭を抱えた。

これでどうやってグスタフ王や、この国の軍隊の役に立とうというのか。従来通りの空中偵察をやるのが精いっぱい――彼にはそう思えた。

「団長、我らはコボルトを乗せるわけにはいかんのですか。オークなんぞ乗せようとすれば潰れちまいますが、あいつらの体格なら何とかなりそうですが」

ある日の通常訓練飛行前、一羽の大鷲が言いだした。彼の視線の先には、衛戍地に需品を届けにきた輜重《しちょう》馬車が――その馭者台の上の、コボルト族輜重兵の姿があった。

――それだ！　どうして今まで誰も思いつかなかった！

ラインダースは直轄上部組織である国軍参謀本部に請願を出し、そして要望は認められ、こんな危険な真似に適性を持つと思われるコボルトたちが選考にかけられ、集められたというわけだった。

そして、八月下旬。

既に、コボルト兵を乗せた飛行を幾らか試すまでになっている。

最初は慎重に、徐々に範囲と距離、機動、数とを増やしていき、首都近郊を連日飛んで経験と教訓を積み重ねた。夜間飛行の試みはまだまだだったが、こんなにも楽になるものかと一同驚いている。

まず、偵察にも探知にも、思惑通りコボルトたちが大いに手助けしてくれた。

彼ら種族はその特徴として頭の回転が良く、また数字に強かったので、計算や計測の類は全て任せることが出来た。地図を読むにも、コンパスを見るにも、角度を測るのにも、みな彼らが素早くこなしてくれたのだ。

大鷲族から見れば、コボルト族の五指の手は羨《うらや》ましく思えるほど器用だった。

首の付け根のところに彼らを乗せ、しっかりと固定された鞍に更に安全具を帯びさせ落とさぬようにし、それでも幾らか機動が制限されたが、いままでの苦労はいったい何だったのだろうと、全大鷲たちが半ば茫然《ぼうぜん》とし、また喜びもした。

端的に言えば、飛行と、魔術探知と、通信だけに専念すればよくなったのだ。

相棒となった者が魔術力を持ったコボルトなら、探知と通信も任せられたが、そこまでやらなくとも効果は抜群だった。

何度かの試行の末、大鷲族たちに跨《またが》って空へとあがるコボルト兵たちの、専用被服も作られるようになった。

空の上は、夏場でさえ気温が下がる。

最初は通常の兵隊服のままだったが、寒くて仕方ないと言い出す者が続出したのだ。革製の、頭をすっぽりと覆ってしまう帽子に、しっかりと防寒できる上下と革製長靴が作られた。

また常に風を浴び続けるため、瞳が乾いてどうにもならないとなり、コボルト族向けに小さな小さな防塵眼鏡が設計、製作された。

視察にきた参謀本部の連中が、これは砂塵の多い地上でも便利だと、つくりを大きくしたオーク族向けの物も試作される副次的効果まででたのは、やや幕間劇にちかい。

このような試行錯誤を繰り返すなか、コボルト兵たちをたいへん喜ばせたのは、大鷲軍団にいる限り、通常の軍部隊よりはるかに量の多い肉類にありつけるとわかったことだ。

元より大鷲たちは肉類を好む。

というより、肉ばかりを食べる。それもなるべく新鮮なものを好んだ。

このため大鷲軍団には、師団補給隊の精肉中隊の編成を流用した、オーク兵たちで構成される専属の精肉班がいて、供給された牛や豚類を毎日捌《さば》いていた。

そこへ配属されてきたコボルトを配給対象に加えても、部隊としての頭数はたいへん小さな所帯だったから、精肉の余りをそのままか、あるいはヴルストやハム、ベーコンなどに加工して、危険任務従事者加給の意味も持たせて、コボルトたちに供給することが可能だったのである。

「見ろよ、この肉！　霜降りの具合のたまらないこと！　ああ、最高だ！」

「この生ハムの塩気！　たまんねぇ！」

「なんてこった、こんな贅沢毎日続けさせてもらったら俺は病院送りになっちまうぜ！」

コボルトたちは、毎日兵舎食堂で狂喜していた。

また、軍の募集要項通り、命も張れば危険も伴う任務だというので、兵の身分からすればたいへん高額な追加手当が支給された。

その手当は暫定的ながら飛行一度で六ラングと定められ、これはただそれだけで下級兵月俸額の約半額に相当する。流石に無制限というわけではなく、月当たり幾らまでという上限こそあったものの、これもまた実に彼らを喜ばせたのも確かであった。

彼らは自然、任務にも精を出した。

最初はあまりに突拍子もない「極秘任務」に戸惑うばかりだったが、なかには空を飛ぶことそのものを純粋に楽しみはじめる者まで現れた。

「最高の気分だよ！　僕らはコボルトの歴史上初めて、空を飛んでるんだ！」

「ふふふふふ、それほど面白いか、坊主」

「うん！　凄いことだよ、これは！　オークや、ドワーフの兵隊さんだって、何なら国王陛下だって、まだ空を飛んだことはないでしょう？」

最初にその歴史的に重大な事実に気づいたのは、やはりいちばん最初にコボルトたちのなかで空を飛ぶことを楽しみはじめた、北方からやってきた元輜重兵のフロリアン・タウベルト――あの、今春の師団対抗演習で浮橋倒壊事故から救われたタウベルトだった。

彼もまたこの奇妙な募集に最初は高額手当支給という部分に学資の欲しさから惹かれ、あまり深く考えず応募し、選考に受かり、着任していた。

輜重隊で直属上官であった「怖い顔をした曹長さん」は、浮橋倒壊事故の件から幾らかの後ろめたさを感じていて、推薦状まで書いてくれた。

タウベルトの相棒となったのは、大鷲軍団のアントン・ドーラ中尉。大鷲族としては若手の部類に入る一羽だった。飛行技量はまだまだ、ただし度胸はあると評価されている。

大鷲族とコボルト兵の会話は、なにしろ部隊としての頭数が少ないので、ごく初期の互いに緊張しきった時間を過ぎ、打ち解けてくると、階級差をまるで気にしない、ざっくばらんなものになった。空の上でいちいち階級章の線の数を気にかけ、敬語を使っていたら面倒だったという理由もある。

「凄い……本当に凄いよ。ね、あの鉄橋の橋脚、潜り抜けてみない？」

「無茶を言うなよ、坊主。団長にどやしつけられるぞ」

ドーラはくっくと喉を鳴らした。

実のところ、タウベルトとドーラの年齢はそれほど変わらない。

だが大鷲の風格と、彼ら種族の好むやや時代がかった言葉使いがどうにも遥か年上だとタウベルトの誤解を招いてしまい、ドーラは面倒だからそのまま訂正せず、またこれを面白がって、彼のことを「坊主」と呼んでいた。

「あの組は、ずいぶん楽しんでいるようですな。バーンスタイン教授」

離発着場端の、地上からその様子を遠目に確認していたラインダースは苦笑した。

「ええ、彼はかなり適性も高かったですし」

ラインダースの足元で応じたのは、コボルト族の民間女性である。

尾っぽの毛並の長い、ダックス種。

色は金髪にちかい蜂蜜色。

コボルトの同族から見れば、睫毛《まつげ》が長く、すらっとしていて、相当な美形だった。

こう見えて正規の大学教授だ。

彼女は、非常に亜種族が多いコボルト族の体力や魔術力の違いについて専門に、首都ヴィルトシュヴァイン大学で研究を続けてきたその道の泰斗《たいと》で、今回のコボルト兵選考にあたって軍の依頼をうけて協力してきた。

「そういえば、少将」

「はい、教授？」

「このコボルト兵たちの名称を、国軍参謀本部が決めたようです」

「ほう、何事にも正式名称を、というわけですか。まったく、軍のやることですな。して、どのような名称に？」

「飛行兵《パイロット》。低地オルク語ではピロート。貴方がた大空を飛ぶ大鷲族を、大海を行く船に喩《たと》え、その水先案内人《パイロット》を務める役になぞらえた、と」

「飛行兵……飛行兵……なるほど、よい響きですな」

ラインダースは、目を細め、くっくと喉を鳴らす。

軍の発想も、名称も気に入ったのだ。なかなか詩的なことを考えるな、連中。そんな風におかしみ

を覚えている。

「それで、教授。本当に午後から貴女ご自身で飛ばれるおつもりですか？」

「ええ、もちろんです」

この教授は、それを希望していた。

今後も選考は続けなければならないだろう。

元々数の少ない大鷲族で軍に志願する者は、現状この大鷲軍団の規模が限界だったものの、平時においても事故は起こりうるし、戦時になればなおさら――彼女としては、コボルト飛行兵の補充供給体制を考えねばならなかった。

最初の選考に用いた方法の数々はかなりの試行錯誤であり、彼女自身の目から見ても妙なものばかりとなってしまっていた。

そこで、今後のためにはまず自らも空を飛んでみたいと、ラインダースに願い出たのだ。既に周囲が止める間もなく、飛行用装備――飛行服を着こんでもいた。

大鷲軍団としては万が一の粗相や事故があってはいけないと、隊でいちばん飛行技量もあるラインダースが彼女を乗せて上がることにしたが。

それにしてもたいした度胸だ、このお嬢さん、などと思っている。

「ああ、それと少将。どうか私のことは堅苦しく教授ではなく、名でお呼び下さいと。そうお願いしたはずです。何事も彼らと同じようにしてみませんと。私も貴方のことは努めてラインダースとお呼びしますので」

「そうでしたな……」

それは騎士道的精神をもったラインダースからすればかなり迷う行為だったが、当の教授自身の希望とあれば仕方がない。

まるで人間族の伝説の騎士が忠誠を誓う仕草のように、片翼を折りたたみつつ頭を垂れ、告げた。

「これは失礼いたしました。空は素晴らしいところです、どうかお楽しみに。メルヘンナー」

☆☆☆

☆☆☆

オルクセン西部リーベスヴィッセン準州。

グロワールとの国境州にあたるこの州を、東西に流れる大河メテオーア川を挟みこむかたちで、オルクセン最大の工業都市ヴィッセンはあった。

総住民数は一〇万を超える。つまり、州都並の大都市だ。

同市及びその周辺を工業都市たらしめている企業体は三つ。

上流域にあって屈指の埋蔵量を誇るヴィッセン炭鉱と、国内最大の馬車製造会社ヴェーガ社、そして下流域にある重工業企業ヴィッセル社——オルクセン最大の鉄鋼業社にして兵器製造業者のヴィッセル社だ。

このヴィッセル社、創業当初は造船会社だった。

星欧大陸のほぼ中央に造船会社とは奇妙な——などとも思えるが、内陸河川は星欧大陸において古くから主要な通商交通路である。こんにちでは鉄道の登場でややその価値を減じてはいたものの、船舶を使って往来すれば、陸上路よりはるかに多い人や物資を一度に運ぶことができた。

例えば同市を流れるメテオーア川は、流水量一秒間あたり七〇立方リットルを超える一級の大河であり、下流域で別河川へと合流、そのままグロワール国境を越え、更にはアルビニーを経て、海へ――北星洋へ到達する。上流に目を向ければ、内陸運河であるアンターレス運河を経てミルヒシュトラーセ川へ繋がり、首都ヴィルトシュヴァインに通じていた。

星暦八一一年、まだデュートネ戦争の真っ最中だったころ、棟梁一名、従業員たった二〇名だった当時のヴィッセル社は、たいへん大胆なものを造った。

グスタフ王の依頼により、創業者であるドワーフ族の棟梁ヴィーリ・レギンが技術的もろ肌を脱いで、当時としてはまだたいへん珍しかった蒸気船を建造したのだ。

キャメロットなどから情報を仕入れ、試行に錯誤、悪戦に苦闘を重ね、ヴィッセン露鉱から試掘された石炭を用い、わずか一八馬力の機関で動く小さな代物だったが、この船は一応の成功を収めた。

それまで帆と、運河などではオークの腕力や馬に曳かせることで往来していた内陸河川用船舶にとって、自在に進むことも引くことも出来るという技術は、まるで「魔法」のようであった。

このいわば試作一号船は、さっそく艀を曳いて、デュートネ戦争における兵站物資の河川輸送に使われた。

なにしろたった一隻のことで、戦争の帰趨《きすう》にはまるで寄与しなかったけれども、戦後の八一八年には更にひと回り以上大きくし、技術的にも幾らか進んだ蒸気船「オルクセンのウィリー号」を造り、国内での商業運航も始めた。

この成功で大いにグスタフに気に入られたレギンとヴィッセル社は、また別の依頼を受けた。

当時、多くの亡命ドワーフ鍛工たちに命じられてはいたものの、技術的にも経営的にも上手く進んでいなかった鉄鋼の製造に、ヴィッセル社も挑んでみないかと誘われたのだ。

国からも予算を出すし、必要用地も下賜すれば、コボルト族を始めとする金融家などに融資及び公的社債の購入も促すという――

造船技術だけでなく義侠心にも富み、彼自身としては鉄も打ち叩いていたレギンはこれに応じた。

彼は蒸気船で培った技術を用い、まず陸上に蒸気機関を据え、ドワーフ族を中心に六七名の従業員を雇い入れた。

そしてレギン自身は、メテオーア川のほとりに水力を利用したまるで掘っ建て小屋のような「研究所」を建てて、小さな小さな炉に火を入れ、金床に槌《つち》も振るえば鞴《ふいご》も吹いて、この分野ではもう先行していたキャメロットの技術を取り込むところから全てを始めた。

最終的な目標としたのは、ドワーフ族内ですら製造技術が失われかかっていたモリム鋼の復活と、その大規模鋳造である。

あの蒸気船を造ったときのように、いや、注ぎ込まれた技術と汗と涙と時間の量からすればそれ以上の、試行錯誤、困難辛苦、悪戦苦闘の始まりだった。

八一九年　鋼鉄溶解工場完成

八三〇年　完全なキャメロット式坩堝《るつぼ》鋼の精錬に成功
八三七年　冷間引抜工法による鋼鉄製マスケット銃身の製造に成功
八四七年　最初の鋳鋼製火砲を鋳造
八五一年　鋼製火砲及び巨大鋼塊を第一回ログレス万博に出展。金賞獲得
　　　　　オルクセン陸軍から三〇〇門の火砲発注
八五三年　無継目鉄道車輪の生産に成功。特許取得
八六四年　毎年一万本の鉄道用車軸と二万の車輪を製造開始
　　　　　鋼鉄製後装式火砲の製造開始
八六六年　コークス炉完成
　　　　　モリム鋼の大規模鋳造に成功、モリム鋼製火砲の製造開始
　　　　　同技術は国家機密指定に

ヴィッセル社の歴史は、オルクセン近代化の歴史そのものと言ってもいい。

彼らの作り出した鉄、鋼、高性能鋼製鉄道部材及び車両材料、工業製品材料、そして兵器は、国内に供給されるのみならず、それそのものが輸出され、更には同社製原材料を用いて作り出された工業製品も海を越えるようになり、とくに近年は、北星洋を挟んで対岸の新大陸――南北センチュリースターや、遠く道洋の華国などに積極的に売り込まれ、人気を博していた。

星暦八七六年現在の本社従業員数は、二万名を超えている。国内鉄鋼生産量のほぼ全ては、彼らが

作り出していた。

近年もっとも社を忙しくさせているのは、道洋輸出向けの火砲製造。そして国内向けの、刻印魔術式用金属板の製作である。

創業事業である造船業も忘れておらず、河川用船舶や、ドラッヘクノッヘンその他の北海沿岸三か所にある大型造船所で、海洋向けの船舶造船にまで手を広げていた。

社の利益をずいぶんと思い切って注ぎ込んでいる部署、研究部もある。

彼らはまだまだ謎の多い、いにしえのドワーフ族の冶金技術を復活させようと懸命だ。世にモリム鋼と呼ばれているものは、どうやら冶金学的には二種類以上あったことがわかりかけており、従来のものにニッケルを合成させた試作品を完成させようとしているところだ。

創業時を思うなら、いまや巨大極まりない敷地及び建屋となった工場内は、毎日たいへんな喧噪に包まれている。

それは工業的栄華とも呼ぶべき光景だった。

大量のコークスを注ぎ込まれ、峻烈《しゅんれつ》な熱量を起こす高炉。

前星紀の怪物の卵かとも思わしき、銑鉄を鋼鉄へと精錬させる巨大極まる転換炉。

偉大なる蒸気の力を用い、金属を鍛造、圧延する蒸気式《スチーム》の鉄槌《ハンマー》。

鍛錬された素材を健淬《けんさい》するための冷油槽。

大口径砲身にさえ寸分たがわぬ旋削《せんさく》と削開《さくかい》を行う深穴加工機械——

ヴィーリ・レギンはといえば、そこは寿命を持たぬといってもいい魔種族の牡だったから、毎日隅々まで社内を見回りつつ、いまは煉瓦製となったものの大きさはさほど変わりのないあの「掘っ立て小屋」で、彼自身としてはまだ己が腕をふるった鍛工をしていた。

そろそろ社を後代に引き継ぎ始めようと、会長職になって、彼からは何とも頼りなく見える息子のヴェスト・レギンを社長職に据え、こちらもまた叩き鍛えようとしている。

「父さん」

星暦八七六年八月末のその日、掘っ立て小屋へ飛び込んできたのは、立派な仕立てのフロックコートに身を包んだヴェストであった。ふだんはヴィッセル社正面にある、州政府の建物よりもまだ大きいと思われるような本社屋にばかりいる。

「お、なんじゃ」

振り向く父ヴィーリ・レギンはといえば、油汚れにまみれて年季の入ったつなぎに、分厚い牛革の防炎エプロン。

鉄の具合が見えなくていけないと、色眼鏡などはつけていない。

太い眉の下にある、意外なほどつぶらな瞳を細めることで鉄と向き合っている。

手に槌を持ち、金床で叩いていたのは、勤労賞を授与する従業員のためにあつらえてやろうとしている鋼製テーブルセットのひと揃いであった。彼自身のゴツい見かけに似合わず、たいへん精巧な花柄模様まで入れようとしていた。

室内に本来あるべき暑熱は、冷却系の刻印魔術式金属板でかなり和らげられている。

ちなみに彼ら種族としての特徴で背丈の低いずんぐりむっくりした体形のうえ、そろって赤茶色の長く濃い髭の親子なのでたいへんよく似ていた。

「お前も叩きにきたのか？」

「いやいや……」

「お前な、鉄も叩けずに何がドワーフか！　いつまでも澄ました顔に洒落《しやれ》た格好しとらんでさっさと――」

「いいから、いいから！　それどころじゃないって」

息子ヴェストは発注書――国軍参謀本部からのそれを差し出した。

「えー、なになに。鉄舟三〇〇艘……なんじゃ、この鉄舟とは？」

「工兵隊が使う架橋資材だそうです。三分割組立式。長さ七メートルほど。いまの木製浮橋用舟を規格はそのままに鉄製に変えたものだとか」

「ほうほう……それにしても一挙に三〇〇隻は剛毅じゃな――」

そこまで話し、ふと気づく。

「……ヴェスト。この前は重砲と砲弾の発注があったばかりじゃな？」

「ええ。一二センチ榴弾砲を二四門、砲弾はひと揃いで一万二〇〇〇発」

「その前は、エアハルト造兵廠用の、小銃製作用冶具と旋盤、工員への技術指導者派遣の打診」

「ええ」

「そのまた前は、新大陸の連中が生み出したあの妙な銃火器と、刻印魔術式用の金属板」

「はい。金属板のほうには驚きましたね、四〇〇〇枚以上だもの。納入先は国有鉄道ってのも妙だ」

「…………製造のほうはどうなっとる？」

「うーん、そうですね……納期までに間に合うよう、工員を配置してあとふた月は――」

「馬鹿！」

ヴィーリは怒鳴り散らした。

「輸出向けの工員を差し向けてでも、そっちを大急ぎでやれ！　納期よりも早く納めてやるんじゃ！

ただし、やり損ねの品など作りおったら、ぶん殴るぞ！　検品の者も増やせ！」

「えええ、でも納期はまだまだ――」

「馬鹿もん！　お前にはわからんのか？　これは……こいつは……こいつは……」

発注が国軍参謀本部なら、陸軍省会計すら通っていまい。

参謀本部お得意の、ごり押しの事後承諾だ。

臨時軍事会計費で発注と一部支払いだけ済ませてしまい、翌年度の本予算編成で陸軍省をきりきり舞いさせ、財務省にも補塡《ほてん》させる、まるで国家相手の詐欺師の如きやり方。

だが問題はそこではない。

そのような方法を取るにしても、発注量が多すぎた。

レギンにはわかる。まるでデュートネ戦争のころの、国を挙げての形振《なり》り構わなさに似ていた。

これは。

――これは、戦備増産だ。

そしていまオルクセンが戦備を急ぐような相手といえば――

ヴィーリ・レギンは生粋の技術者である。

だが同時に、いわゆる愛国者でもあった。

だからグスタフ王を敬しつつ自らの希望として国の要請に応じ、ヴィッセル社を大きくしてきた。

彼の両親は一二〇年前、ドワーフの国がエルフィンドによって攻め滅ぼされたとき、一族親類ごと亡くなっていた。


メルトメア州リントヴルム岬。

巨大な翼竜の上半身にも似たかたちをしたこの岬は、緯度的にいってオルクセン王国領の最北端にあたる。

眼前に広がるベラファラス湾を挟んで対岸は、エルフィンド領のヴィンヤマル岬であって、直線距離にして約一四キロ。晴れた日には充分に、ヴィンヤマル先端にある、エルフ族たちの称するところの「大灯台」まで望見できた。

ベラファラス湾はベレリアント半島の東岸付け根にあたり、東西約二三キロ。南北に約二五キロ。ほぼ真円形をしており、そのかたちのあまりの不自然さから、どうもここもまた世界創世のころに星の欠片が落ちた場所なのではないかと学者たちは言う。

この湾の最奥やや北側辺にあるのが、エルフィンド最大の商業港にして軍港、ファルマリア。そしてそのファルマリア港の南側にある巨大な河口が、あの大河シルヴァン川の東端だ。

ベラファラス湾南岸は紛れもないオルクセン領だったが、このように複雑極まりない情勢下にあるため、リントヴルム岬周辺の漁師たちも、同湾にはあまり立ち入らない。

鰯《いわし》や、鰊《にしん》や、鱈《たら》などの豊富な漁場たり得ることは彼らにもわかっていたが、しばしばエルフィンドの軍艦が出入りし剣呑《けんのん》で、魚介資源豊富極まりない北海全体から見れば、そこでなければ駄目というものでもなかったためだ。オルクセンの漁師たちは主にリントヴルム岬より南側で漁をしていた。

そんなリントヴルム岬に、オルクセン首都ヴィルトシュヴァイン大学海洋生物学科に所属するという、オットー・リーデンブロックなる教授と、その甥《おい》で助手という触れ込みのアクセル・リーデンブロックなるオーク族の二頭がやってきたのは、八月下旬のことである。

この地域にもしばしば回遊してくる、鯨《げい》類や海豚《いるか》類、鯱《しゃち》類の研究をしているのだと、最寄りの漁村の者たちは聞いた。彼らが最初に宿舎とした、村でたった一軒の酒場兼宿屋の女将さんがそう耳にしたのである。なにしろ、田舎のことだから噂は広まりやすい。

当初は様子を伺うように「都会者」の彼らを遠巻きにしていた村の者たちだが、酒場で遭遇してみると実に気さくであり、ビールやワインなどを気前よく奢《おご》ってくれ、他愛もない漁の話題などにも耳を傾けてくれるとわかると、徐々に打ち解けていった。

やがて首都から、幾つかの荷が届いた。

油紙に包まれた干し肉、樽につめられたワイン、缶詰、ロープや、測量士の使うような計測器具、双眼鏡、ランプ、コーヒーポット、鍋、生活用品などが、丁寧に幾つかの木箱に梱包されたものであった。

教授と甥は、宿屋の女将さんにたっぷりと礼金をはずみ、部屋をもう一つ借り、荷を一時預かって貰った。

そうして村の大工を訪れ、国の許可は得てあるのだと書類なども見せ、また報酬は前払いとし、岬の上に小さな小屋を建ててくれるように頼んだ。

「あんなに風の強いところにかい？」

「うむ。だから私たちが泊まり込めればそれでいいのだ。低く、小さな小屋でいい。あそこは鯨類の回遊を観測するのに最適なのだよ」

「なるほどねぇ。では、ひとつやっつけましょう」

既に彼らに何度か酒を馳走になったことのあった棟梁は恩返しの意味もあり、職人魂もまた刺激されたのか、基礎周囲にこの辺りでとれる岩塊を積み上げて頑丈なものとし、防水防風のために板材の表面には焼き入れをして、丈夫な柱を入れ、小ぶりだが竈《かまど》もある、そんな配慮に満ちた小屋を岬の先端付近に建ててやった。

小屋が完成すると、教授と甥は馬丁《ばてい》を雇って荷を運び入れ、泊り込むようになった。

その様子を目撃した者によれば、測量機を使って熱心に海の方角を測ったり、風向計を立て風向きと風量を記録し、また双眼鏡を日がな一日構え、彼らのいうところの「鯨類の研究」に励んでいるという。

数日に一度、甥のアクセルのほうが村に下りてきた。

飲食料の買い出しと、首都大学の海洋生物学科に打つ電報のためだといい、逓信省《ていしん》郵便局を訪れた。ちかごろは文明と科学がこのような場所にまで訪れ、海難事故に備えるためもあり、電信設備が村の郵便局にもあったのだ。

彼らの放つ電信は簡素であった。研究のためのものらしい。

「ナガス二、スナメリ三、シャチ六、湾内にあり」

「スナメリ一、湾外へ出る」

「スナメリ、戻る」

ほう、こんなに鯨やシャチが来るのですか、それは知らなかったと、純朴な郵便局員など驚いたものであった。

やがて、彼ら宛の局預かり電信も、稀《まれ》にだが届くようになった。

「母、やや症状重し」

「母、症状重し」

「病状、変化なし」

どうも教授と甥の親族に、闘病中の者がいるようである。

「たいへんですね……」

すっかり彼らと打ち解けていた若い郵便局員など、しんみりと心配してやったものだ。

「うん。何とか戻ってやりたいんだけど。大学の研究予定もあって。まあ、でもそれほど重い病気というわけでもなくてね。ありがとう」

アクセルは頷《うなず》き、礼を述べた。

やがて村民たちとすっかり仲もよくなった彼らは、謝礼も弾み、漁船を雇うこともあった。

最初はリントヴルム岬の辺りを、それを何度か試すと次には無理を頼むという態でベラファラス湾側にまで行き、決してエルフィンド領側には踏み込まなかったものの、その周囲で船から測鉛《レッド》を垂れ、水深を測った。

これも、鯨類の回遊路を調べるためだという。その記録もまた電報となって、首都大学へと送られた。


この日の夜――

「幾ら夜目が利くといっても、流石《さすが》に夜は監視しきれんなぁ。霧や霞《かすみ》のある日も無理だ。視程は良くて二キロほどまで下がってしまう日も多い。完璧とは言い切れんぞ、これは。増援にコボルト族でも派遣してもらうか」

小屋の中で、教授と呼ばれるオークは愚痴を漏らした。

「止むを得ません。これだけでもうちとしては大助かりです」

昼間海風に晒《さら》された体を温めるためにウイスキーを幾らか垂らした熱いコーヒーを差し出しながら、甥だとされているオークは慰める。

「それに……以前からわかってはいましたが、エルフィンドの艦艇は想像以上に不活発だ。予算があまり無いというのは本当のようです。あれでは航海技量も砲戦技量も、決して褒められたものではないでしょう」

「やはりあれだな、海軍さんはどっしりと紳士的に構えているな。ええ？」

「からかわんでください、陸軍さんには負けますよ」

「褒め言葉として受け取っておくよ。つらい任務だが、母の病状は重いまま――エルフィンドとの外交情勢は悪化のままか。続けるしかあるまい」

「終わりの見えん任務というのは、つらいものですな……」

純朴な村民たちは知らなかった。

ヴィルトシュヴァイン大学に海洋生物科など存在しないことを。

そして同科宛とされた電報は、国軍参謀本部兵要地誌局へと転送されていたことを。

また、彼らの電報に記載された鯨類のなかには、そもそもこの海域に回遊などしない種まで含まれていたことを。

何よりも、教授と呼ばれる者の正体は陸軍測地測量部の少佐で、若い甥は海軍省勤務の海軍大尉だったことを。

彼らが監視していたのは、鯨類などではない。

エルフィンド海軍艦艇の出入港だった。

第四章

エルフィンド外交書簡事件

「――会議を始める」

この時期、オルクセン国軍参謀本部の重厚な大理石庁舎の奥で、参謀たちが費やした紙類、煙草、コーヒーの数は、想像を絶するほどであっただろう。

彼らは、予算や人事といった軍政を司る陸軍省、軍の教育を受け持つ各兵科監、あるいはときに海軍最高司令部なども共同して、実に様々な戦争準備を実施していた。

それはあまりに膨大な作業であって、その全てを数え上げることは不可能に近い。

一二〇年前のロザリンド会戦のころならいざしらず、もはやオルクセンとはそれほどの国家に成長していたし、それが「当節の戦争」というものだった。

ディネルース・アンダリエルのような将官級の者ですら全てに接することは不可能であり、それどころか国王グスタフでさえ機微のなにもかもを把握することなど出来ないほどの規模である。

しかしながら敢《あ》えて、いくらか試みることを許されるなら——

例えば、参謀次長、兵器技術局長、砲兵監及び工兵監などで陸軍内に横断的に構成される内部組織である陸軍技術審査委員会は、あらかじめ各造兵廠《しょう》の戦時増産体制構築について着手可能な部分は極力手配しておくことにした。

国内に二つあったエアハルト造兵廠とアムベルト造兵廠は、年間最大一二万丁の小銃生産能力があったが、これは平時における生産量だ。

日産にしてみれば各々三〇〇丁ほどだったその能力を、戦時においては八〇〇丁乃至《ないし》九〇〇丁を目標に拡充させることが望ましく、これに要する工場拡張、工作機械、工具、臨時職工、指導技師などの数を調査し、予算を算出しておき、戦時となったその瞬間ただちに発動できるようにしたのだ。

造兵廠は、兵器部で砲車や砲架、弾薬車、火工部で銃弾や砲弾、照明弾の類も生産していたから、これらについても同様だ。鍛工部で製造されていた輜《し》重《ちょう》馬車用馭《ぎょ》者《しゃ》台、乗降車用踏み台、蹄鉄なども例外ではなかった。

またこんな作業もあった。

「高級指揮官教令改定案」「陸軍野戦通信規程改定案」「同野戦魔術通信規程改定案」「大規模兵站《へいたん》拠点勤務令草案」「輜重輸卒勤務令改定案」「輜重補助輸卒勤務令草案」「架橋縦列勤務令改定案」「野戦鉄道隊勤務令改定案」「野戦兵器廠勤務令改定案」「飛行兵勤務令草案」「野戦酒保設置規定改定案」といったかなりの数の諸規則の改定案及び草稿案を作り上げると、国王グスタフの裁可を受けて、全軍に配布している。

　これは過去の陸軍演習における教訓や、最新戦術への検討内容、来るべき将来戦場での軍のあるべき姿などをまとめ、これらに対応させるためのものだ。

　オルクセン特有の、官僚主義や文書主義、あるいは教条主義などと呼ばれるものの極みのようでもあったが、国軍参謀本部にしてみれば将来戦場における行き当たりばったりな行動を招いてしまうことこそが無責任であり、これら検討と実行は、戦争準備に必要不可欠なものと彼らは見なしていた。

　民間企業体からの兵器及び物資調達についても極力事前検討し、予算措置上において手をつけられるものは用意、集積しておくという作業もあった。

　ヴィッセル社への発注もこの具体例として挙げられるが、馬車製造会社ヴェーガ社への予備軍用輜重馬車の発注量計算及び一部事前確保、機械製造会社グーテホフ社への旋盤機械発注、鉄道車両製造会社モアビト・キルヒ社等各社への鉄道車両発注準備など。

　戦争が始まってから必要数や予備数が足りないと慌てふためいては、対応が後手に回ると思われたためにとられた措置だ。

　この作業がどれほど手の込んでいたものか一例を挙げれば、彼ら国軍参謀本部はエルフィンドに侵攻した場合に本土から延伸させる電信線に要する材料を事前計算し、このうち野戦電信用柱一二〇〇本、電纜《でんらん》六四キロ分が野戦電信隊だけの手持ち器材では不足すると算出、確保と集積をファーレンス商会に命じていた。

　海岸防備のための沿岸要塞砲を点検確認する作業も行われている。

オルクセンの北海海岸各所に築かれた沿岸砲台には、ヴィッセル社製一二口径二八センチ榴弾砲六〇門が配備されており、これらは普段、その砲口を薄くベトンで仮塗りして塞いである。防塩防錆のための措置だが、これを解撤《かいてつ》まではしないものの、動作や予備品類に支障や不足がないか改めて調査していた。もし不幸にして敵海上兵力を海軍が撃破しえなかった際の、海岸線防禦《ぼうぎょ》に備えての対策である。

参謀旅行と呼ばれるものも北部域へと実施した。

国軍参謀本部の若手参謀や測地測量部の技官たちをグレーベン少将などが引き連れて、みな狩猟の装いと準備をし、実際にこれを楽しみつつも、兵要地誌では補いきれない実際想定戦場の起伏や街道の具合を確かめた。

まことに恐るべきことだが、国軍参謀本部総長ゼーベック上級大将は、次のような手紙をグレーベン少将へ書いている。

「演習も参謀旅行も、実戦とは比較すべくもない。これらは事前に準備が整えられている上に、何よりも己に向かって銃砲弾が降り注ぐこともないのだ。つまり参謀たちは、実戦と同様の重圧を感じることがない」

「予定された時刻に必ず糧食が届き、部隊が後方兵站の追従困難に煩わされることもないような。そんな研究はやるな」

「常に最悪に備えよ」

これを受けて、参謀旅行の場では故意に「次々と状況が変化する」課題が各参謀に与えられた――

また実に彼らしい、たいへん細かな検討もあった。

将来戦役で動員される予定の、輜重補助輸卒について、この兵種《へいしゅ》にはいったい背嚢《はいのう》を背負わせていくのがよいのかどうか、という検討会を兵站局が中心になって開いたのである。

輜重補助輸卒というのは、現行の軍内で物資の輸送や管理を担っている補給科の輜重輸卒とは異なる。

彼らを文字通り補助するため、想像も絶するような膨大な作業量となることは火を見るよりも明らかな鉄道兵站拠点駅や兵站拠点に配して、鉄道車両からの荷下ろしや輜重馬車への積み込みといった、物品を捌《さば》くための作業を担う、いってみれば作業夫として動員される予定のものであった。

国民義勇兵や、ファーレンス商会などからの斡旋《あっせん》で雇用することになっていた。

では、果たしてこの補助輸卒に対し出征時に背嚢を支給する必要があるのかという検討会は、あまりにも微に入り細を穿《うが》ちすぎているようにも思われる。

だがなるほど、こんな部分も煮つめに煮つめておかねば、実際に戦争が始まってから困るのは彼らではあった。


彼らはそれほどの「準備」を進めていた。

ではなぜ、国軍参謀本部はこれほど急ぎ、焦れ、形振《なり》り構っていられなかったのか。

それはこの時期、彼らはもはやエルフィンドとの戦争は国民感情の上でも不可避であると見なすと同時に、同国政府の外交的対応に愛想《あいそ》を尽かしかけており、参謀次長グレーベンなどは、次のように日誌に書いている。

「こと、ここに至っては開戦もやむを得ない。ただしその第一手は、仮想敵自身に失態を犯させることが望ましい。かくなる上は我が国に非を負わざるよう、如何《いか》なる手段に出ても仮想敵を挑発し開戦の口実を作り出すべく、国軍参謀本部にて工作すべし」

つまり、軍事的にエルフィンドを挑発し、初弾を敵に撃たせることで国際的信義を手に入れ、難癖をつけてでも戦争を吹っ掛けろ、そんな意味の所見を述べていた。

そのための具体的手段も、彼が一番信頼する部下である作戦局参謀のライスヴィッツ中佐と組み、考案している。

擲弾《てきだん》兵の一個中隊、軍艦の一隻でもいいからエルフィンドの国境や沿岸の眼前に展開して撃たせてしまえ、そんな方法だった。

「それはいかん」

流石にこのようなあざとい真似は、国王グスタフ及び外務大臣ビューロー、総参謀長ゼーベックの三者協議により却下されたものの、彼らもまたグレーベンらの猛烈な戦争準備を止めようとまではしなかった。

グスタフらは外交的手段をもってエルフィンドを挑発するという方針を採りつつも、グレーベンの軍事的挑発案を検討もし、その上で戦争準備そのものについては有用と判断したのだった。

これは極めて意味深長である。

グスタフたちは何も博愛主義に目覚め、戦争を避けようとしていたわけではない。

まるでそうではなかった。

軍事的挑発手段は、外交的挑発が失敗した場合の次善策にしたのだ。

エルフィンドとの戦争は不可避であって、「我が国に非を負わざる限り」――つまり相手に失策させた上で大儀名分を得て戦争を吹っ掛けるという方針は、現行取り得る手段が異なるだけでオルクセン首脳とも合致していた。

剣呑極まった。

あるいは、剣呑というより辛辣かつ冷徹、徹底した自国防衛思想でもあった。

何しろ彼らは、デュートネ戦争において自らの生存圏へと攻め込まれている。

それは二度と繰り返してはならない過ちであり、彼らのなかにおける「当節の戦争」とは自国の側でその主導権《イニシアティブ》を握り、相手へと吹っ掛けるものだという理解になっていたのだ。

これらの外交方針や考えは国王自身から官邸へ呼び出されたグレーベンに説明もされ、

「ほう、そのような方法を採られていると。我が身はまだまだ非才ですな。これで安堵致しました、我が王。二度と出過ぎた真似は致しません。どうか我をお見捨てなきよう」

この傲慢な天才をして、珍しく低頭平身に満足させている。彼がそのように素直に己の考えを改める相手は、ゼーベックかグスタフくらいのものであっただろう。

グレーベンのような者にも国王への尊崇の念はしっかりと存在していて、これは非常にこの傲慢な牡《おとこ》らしいことでもあったが、彼は王の能力を評価していた。

王は軍事面に限ってみてもときにたいへん面白いことを思いつく御方《おかた》であったし、自身であのデュートネ戦争へ出征もし、そうでありながら己は軍事の素人だと言いきり、国軍参謀本部に全てを任せてくれ耳も傾けてくれる度量のある王だと、これがグレーベンのグスタフ王への評価である。

そもそも今回の件にしても、ゼーベック参謀総長辺りに諫《いさ》めさせ抑えさせれば済む話だ。それを自ら己のような者を諭してくれたのだと、尊崇の念を新たにした。

同時にこれは、グレーベンにとって実務段階での戦争準備に直往邁進《まいしん》しても構わないという、国王自らのお墨付きを得たことも意味している。

「もし準備において更に予備的費用が必要なら、王室費や国王官邸の官房機密費も使って構わん」

グスタフはそこまで明確に、明瞭に、誤解の余地なく、彼に命じた。

グレーベンは狂喜し、奮起し、猛烈に働いた。

九月に入ると、彼はオルクセン国有汽船会社社長エルンスト・フォアベルクを国軍参謀本部へと招致した。

国有汽船会社《オルクス・ライン》の資本金は二二〇〇万ラング。オルクセン最大の汽船会社である。

いったい何事かと、そのオーク族特有の巨躯全身をもっていぶかるフォアベルクに対し、参謀本部次長室の応接で待ち構えていたグレーベンは、既に国有汽船会社の保有船舶より目的に合致したものを拾い上げた一覧資料を準備していた。ファーレンス社が発行し、ちかごろは各国の海軍及び海事関係者なども愛用している、全世界の主要商船を図鑑にした「ファーレンス商船簿」を基《もと》にして。

「ここに記載されている御社の船舶一七隻、我が参謀本部が呼集をかけた将来的任意の日時、任意の国内港へ、義勇艦隊法に基づき徴用することは可能でしょうか」

フォアベルクの困惑は深くなった。

記載された一七隻は、最大のもので七〇〇〇トン級一隻。残りも五〇〇〇トン級から三〇〇〇トン級を主体に、最小の船でさえ一〇〇〇トン以上と、総じてみれば国有汽船会社が所有する大型商船のほぼ全てだったのだ。

「それは……可能ではありますが」

フォアベルクとしては首肯せざるを得ない。

――義勇艦隊法。

もし不幸にもオルクセンが戦時に突入すれば、国内の商船は全てこれに所属し、海軍の指揮下に入り国家の統制を受ける、という法律だ。

戦力に不足しているオルクセン海軍を補塡する目的のもので、このため、国内商船学校出身の船長有資格者はその全てが海軍予備将校制度というものに基づき、海軍予備大佐の資格を持ってもいる。

だが、あまりにも古い法律である。

デュートネ戦争のころの、軍艦も商船も構造上の違いがあまり無いころのもので、しかもそれは海軍が主体的に定めたものであり、国軍参謀本部から要請されるのはフォアベルクにしてみれば不可解極まった。

「応じてくださる、と。それは安心致しました。参集令を発した場合、どれほどの期間が必要でしょうか。想定する場所は我が国内港いずれかで結構です」

「……そう……ですな……遠く北星洋航路に就いている船もございますから、最大で二週間といったところです。三々五々集合してくる様子を御想像いただければよろしいかと」

「最短の船は？」

「三日といったところでしょう。むろん、その任意港へ既に在泊していた場合は即日となりますが」

「なるほど、大いに結構です」

「しかし……その……これは、いったい――」

フォアベルクは、このような場が設けられた理由の説明を欲した。

何の理由もなく、全てを受け入れられるような質問でもなければ、また容易に軽々しく承諾や保証のできるものではない、と。

例えば義勇艦隊法の本来の趣旨、徴用された上での特設軍艦への改造等を欲されているのであるならば、参集はともかく、積荷を全て荷揚げし、入渠《にゅうきょ》する必要がある。これだけの船舶をいったい何に使うつもりなのか――

「……ふむ。それもまた道理ですな」

グレーベンとしては、含意を漏らさざるを得なかった。彼は慎重に言葉を選んだ。

「我が国にとって、最大の懸案を解決する日がやってきた場合に、ということです。具体的用途は軍の機密もあり、申し上げられません」

「…………我が国にとって最大の懸案」

フォアベルクはその言葉を舌先で転がし、全てを理解した顔になった。

「………」

彼は居住まいを正し、告げた。

「承知致しました。そのようなご理由とあれば重役会にも諮《はか》れませんが、私の一存にて、この場において承諾致しましょう。むろん、この場のことは一切他言致しません」

「ご理解いただけたようですね」

「はい。すべて」

「それは私としても安堵《あんど》しました。百万の味方を得た気分です」

「参謀次長殿。わたくし、こう見えて歓喜に打ち震えております。まさかこのような……このような日が来ようとは――」

「ほう。それは?」

「私めは、かのロザリンド渓谷の会戦で兄弟全てを喪《うしな》っておりますのです。私は当時船乗りで、私だけが生き残ってしまいました……」

「………」


オルクセンは、秋を迎えようとしている。

黄金の季節。

落葉樹は色づき、この時期、オルクセン各地の都市では街路樹に用いられているこの国原産のオオマテバシイの並木が、ドングリを落とし始める。

初めてこのドングリを見たディネルース・アンダリエルらダークエルフ族たちは、ずいぶんと驚いたものだった。

とてつもなく大きく、丸い実なのだ。

この国でいちばん直径の大きな硬貨、二ラング銀貨と同じくらいある。一つか、小ぶりなものでも二つも握れば、もう掌《て》が閉じられなくなるほど。

そんな目を瞠《みは》るようなドングリのうち、気の早いものが落ち始める、九月上旬――

ディネルース・アンダリエルは、首都ヴィルトシュヴァイン西方郊外の、陸軍第一擲弾兵師団衛戍《えいじゅ》地《ち》シュラッシュトロスを訪れていた。

むろん、公務である。

参謀長のイアヴァスリル・アイナリンド中佐、作戦参謀のラエルノア・ケレブリン、それに麾下《きか》の三個ある騎兵連隊のうち、第一騎兵連隊長にあたるアーウェン・カリナリエン中佐を伴っていた。

グスタフといつものように共に迎えたさきごろの朝、シュラッシュトロスへ部下も連れて来い、いいから来い、いいものを見せてやると、日時を指定して命じられたのだ。

ここは彼女にとって、もはや馴染みのある場所である。

あの旅団編成完結式だけを見ても随分と世話になった部隊の衛戍地であったし、同じ首都駐屯の部隊同士何かと日常的に業務連絡のやりとりをすることもある。

そしてここには、彼女たちの衛戍地ヴァルダーベルクには存在しないものもあって、よくそれを借りに来ていた。

射場だ。より一般的には射撃場とも言う。

兵士一名当たりで一射線使用する全長二〇〇メートル以上あるそれが、露天のもので計六〇本。それに何かと近在の一般市民も増えてきた昨今の情勢のため作られた、一射線ずつ防音のための蒲鉾型屋根まで設けられたものが七本。

ヴァルダーベルグにも射場はあるにはあったが、そこは急造の衛戍地である。これほど大規模なものはこちらだけで、ヴァルダーベルクから六キロと近くもあり、よく中隊ごとに邪魔をし、使わせてもらっていた。

到着してみると、二〇名ほどの軍の高官たちや参謀、技官、それにヴィッセル社から来たドワーフ族の技師たちが、既に射場に集まっていた。

グスタフ王も臨御していて、珍しいことに普段あまり表には出てこない陸軍騎兵監アウグスト・ツィーテン上級大将の姿も。

ちょうど、彼らふたりが軍用折りたたみ椅子の前で何事かを言い合っているところへ着いた格好になった。

「いいから座れ。座れったら、ツィーテン」

「しかし、我が王。王の前で臣下が着座するわけには……」

「まだそんなことを言ってるのか、この真面目な頑固じいさんは。お前は我が宿将、大事な大事なそのひとりではないか。お前が座らんというのなら、私も立ったままにするぞ。お前に苦労などかけたくないのだから！」

「……はい、我が王。ありがたく……ありがたく……では……」

一体何を揉《も》めているのか、ディネルースにはすぐに察することが出来た。

持病として関節リウマチを患うツィーテンのためにグスタフが着座を勧めたが、生真面目極まる気質の上級大将はそれを固辞したのだろう。

彼ならさもありなんと頷けたし、それを自ら自身まで説得材料にして座らせようとするグスタフもまた、この王らしいと思える光景である。

「お、来たな。少将」

「はい、我が王」

ディネルースの姿に気づくと、グスタフはさっと片手を挙げる例の仕草で迎える。

「それで今日はいったい――」

「まぁ、見ていろ。きっと君は面白がる」

秘密めかされ、肩透かしを食わされた。

そもそも今日に至るまで、いったい何だ、何があるのだと幾ら訊ねても、グスタフはまるで子供のような眼をして韜晦するばかりで、教えてくれなかったのだ。

そうして、その「答え」は姿を現した。

四頭曳きの軍馬。

これに繋がれた前車と砲車。

その編成からも姿からも、軍の使っている五七ミリ山砲とよく似ているように思えた。

山砲より一回りほどは大きいだろうか。

砲車があり、砲架があり、仰角及び俯角等の調整のための転把《ハンドル》があるといった様子はどう見ても火砲だが、では野山砲かといえばそこまでは大きくない。

牽引する軍馬、射撃展開を始める兵の様子から言って、見た目の割にはずいぶんと軽そうであった。砲ほどの重さがないのは確かだ。

兵たちが弾薬車の即応箱から取り出したのは、奇妙な代物である。

細長い金属製で、側面の溝から見るに、どうも何か小さなものが縦列に詰まっているらしい。彼らはその底面に土埃などがついていないのを目視確認すると、ガシャリと音を立てるまで、砲の上部の金属枠に差し込んだ。

操砲のための転把の数が多いことにも気づいた。

縦方向だけでなく、横にも動かせるようだ。

最後部にも、ひと際大きな柄付きのものがある。

ヴィッセル社製火砲のような、水平式閉鎖機に備わるレバーに似ていたものの、もう一回りは大きく、先端に横柄もあって回し易くしてあるらしい。

そのくせ、後装式火砲には必須の存在、砲弾を装填する閉鎖機はどうも存在しないようであった。では前装砲かと思い、砲身に目を向けるとそうではない。

最大の差異はそこにあった――

遠目には比較的短な砲身に見えたものが、鉄や鋼の塊などではなく、細い管状のものを一〇本ばかりも束ねた代物であることがわかった。

「それでは、始めさせていただきます」

「うん」

グスタフ王が頷くと、兵たちは射撃場の的に向かってそれを発射しはじめた。最後部のハンドルを手動で回転させることで、その操作は行われる。

身構えたほどに、大きな音ではなかった。

むしろうんと小さく、呆気《あっけ》ないほどのものでしかない。

ただそれは規則的で、高速であり、連続していた。

強いて似たものを挙げるとすれば、機械式のミシンを思わせる。

あの束ねられた管状のものが、砲尾方向から見て時計周りに全体が回転していた。

音響のたびに白煙も上がり、それはいつまでも発射が続くのでやがて盛大なものとなった。

「…………」

ディネルースは双眼鏡を、あの遠くまで良く見えるプリズム式野戦双眼鏡を構え、的を確認した。

「…………」

それには大量の穴があき、ハチの巣状となり、ついにはぼろぼろとなって破れ落ちてしまう。

脳内が混乱する。

これは。

こんな馬鹿な。

こんなことが。

ようやくこの奇妙な火器の正体に気づく。

上部に差し込まれている金属箱の中身は、大量の銃弾に違いなかった。

一〇本束になっている管状のものは、一本一本が小銃のような銃身。

それが回転操作を与えられる度に、膨大にも思える銃弾が凄《すさ》まじいばかりの高速で撃ち出されているのだ。

その構造と意味とに気づいた瞬間には、全身に悪寒が走り、鳥肌立った。

「機関砲。グラックストン環状機関砲というんだ。七六年型」

グスタフが言った。

面白くもなんともない。

本当に面白くなかった。

恐ろしい、化け物のような、怖気《おぞけ》もふるう兵器だ。

「センチュリースターが内戦をやって国が真っ二つに分かれたとき、北側の民だった医師のグラックストンが作ったものだ。なんだかんだで発明されてからはもう一〇年ばかりになる」

医者。

医者がこんなものを作り出したというのか。

「ちかごろ各国に売り込みがあってね。構造が複雑にちがいない、高価極まりない、弾を使いすぎるだの何だのと言って見向きもしない国も多かったようだが、うちでは製造権を買って、エアハルトと同じ一一ミリ銃弾を撃てるように構造を変えて生産させてみた。その試作砲だよ、これは」

「王、我が王――」

それまで黙して眼前の光景を眺めていたツィーテン上級大将が、眉を寄せ、呻《うめ》くように捻《ひね》り出す。

「これは。これでは、騎兵は滅びますな。戦闘での話だけではない。こんなものが出現し、普及すれば、兵科としていなくなってしまうでしょう。将来的には、きっとそうなる」

その通りだ。

ディネルースもその可能性に思い至ったからこそ、悪寒まで覚えていた。

そもそも――

あのデュートネ戦争のころでさえ、騎兵は一度突撃を行うとその乗馬の大半を喪《うしな》うようになっていた。それどころか、歩兵ががっちりと密集隊形により作り上げた防御陣、即ち方陣を組んで援護し合って対抗されると、突き崩すことすら困難になっていたのだ。

前装式の、つまり装塡速度が遅く、おまけにいまよりずっと射程の短なものだった小銃を持つ歩兵相手でさえ、騎兵の突撃襲撃は文字通り命がけのものに転落していたのである。

それがエアハルトのような、うんと高性能の小銃が生まれ。

ヴィッセルのような後装式火砲が作られるようになり。

ついに人間族は、こんな怪物のような代物まで生み出してしまった。

そう。魔族種の己が言うのは妙なのは百も承知だが、これは化け物に違いない。

「うーん……だが、騎兵がただちに無用になるほど軟《やわ》な存在だとは、私には思えないな」

グスタフは己が考えを述べた。

「騎兵科最大の武器が、突撃力からその機動力に変わったと思えばいい。戦場を大きく繞回《にょうかい》、迂回をして、戦闘は下馬してから火力で行う。突撃は相手がよほど弱っているような場合のみ。いまの歩兵の連中の操典と同じさ。そうなると思う」

「それはもはや騎兵ではありませんぞ！」

ツィーテンの叫びは、この老将自身が思っている以上に大きく響いたに違いない。

騎兵科の親玉で、苦労に辛苦を重ね、問題だらけのオルクセン騎兵を育ててきた彼にしてみれば、魂からの絶叫だった。

「それは……それは、乗馬歩兵というのです。我が王」

「――ああ、そうだ。騎兵はそうなる。そうならなければ、生き残れない」

グスタフの返答は、無慈悲にさえ響いた。

突撃に浪漫を見出す、突撃こそが騎兵の華などという感情は捨てろと言っていた。

その変化に乗れなければ、本当にいまこの瞬間を持ってさえ騎兵は滅びるのだと、彼は無情に、冷静冷徹に、だが、だからこそ論理的に告げている。

「それにだ。こいつは、このグラックストンは、騎兵にとって武器にもなると私は思っている。おそらく全兵科でいちばんこいつの運用に向いているのは、騎兵だ」

「……それは？」

「こいつの重量は約八〇キログラム。本当に何もかもに使えるほど機動性を持たせるにはもっと軽くなったほうがいいが、うちの五七ミリ山砲よりまだ三割ばかり軽いのは間違いない。弾薬車も同様。なにしろ運んでいるものの、もとの重量が違いすぎる。砲弾ではなく銃弾だ。開発から一〇年、兵器としての信頼性もある程度は保証できるところまで来ている――」

「………」

「つまり、最前線で故障が頻発して使い物にならないということはない。一一ミリ弾を撃てるようにさせたから、現行の弾薬縦列からだって補給も出来る。だからこいつを騎兵連隊に引っ張っていかせれば、騎兵の防御力の弱さを補塡できるに違いない――」

「………」

「軽易簡便にして強力な防禦火器。そういった使い方が一番向いていると思うな」

「…………なるほど」

ツィーテンは大きく息を吐いた。

ディネルースにも理解できた。

何故グスタフが、歩兵や砲兵の連中ではなく、騎兵科の側近たちを集めてこの新兵器を見せたのか。このことである。

また同時に、彼女はグスタフの物事の進め方を悟ることもできた。

彼は段階を踏み、周囲を納得させてから改革をやるような、そんなやり方をずっとやってきたに違いなかった。

農事試験場を見ればわかる。

新規な技術、革新的な手法というものは、例えそれにどれほど効果があったのだとしても、その新鮮さ、斬新さゆえにこそ、周囲の戸惑いや反発を誘う。

彼ひとりが何かを理解していたのだとしても、周囲の納得がなければ物事は進まないのだ。

グスタフほど配下や腹心に恵まれていても、彼はもうずっと、この一〇〇年ほどをかけて、彼自身は焦れるようなこんな手法を使ってきたに違いなかった。

だから何事も一〇〇年かかった、そう理解してやれた。

かつて彼自身も言っていた。

夢物語のように僅《わず》かな年数でやれることなど、本当に僅かだったに違いない。

「アンダリエル少将」

「はい、我が王」

「こいつの量産型が製造されたら、まず六門ばかり君のところに預ける。アンファングリアの各騎兵連隊に二門ずつ。一門あたりの操砲は四名となっている。山砲隊の編成を流用してものにしろ」

「はい、我が王」

——この話には、やや後日談めいたものがある。

この新兵器視察からさほど日の経たないうちに、来るべき将来戦争では第二軍の軍司令官就任を予定されていたツィーテン上級大将が、これを辞退したいと言い出したのだ。誰か、若い者を代わりに立ててくれ、と。

「あの頑固じじい……！」

グスタフは参謀本部から知らせをうけるなり叫んで、自ら翻意を促すために彼の邸宅を訪れた。

国王紋章付きの馬車を使い、半非公式半公式といった扱いで護衛は無しだったが、同じ騎兵科の者ということで選ばれたのだろう、侍従武官的にディネルースを伴っていた。

ツィーテンの邸宅は、旧市街にある。

アンファングリア旅団衛戍地のヴァルダーベルグからは、さほど遠くない辺り。

オーク族様式の木造漆喰《しっくい》仕立てで、庭付きの、立派な作りの邸宅ではあったが、軍の最上級幹部の一翼、グスタフ王最側近中の側近という立場からすれば、質素なものだった。

ツィーテン本人と、家人や家令一同の出迎えを受け、応接間に通されたグスタフは、そこでもまたあの座れ座らないというやり取りをしてから、本題に入った。ディネルースは部屋の一隅で立ったまこれに従った。

「どうしたんだ、ツィーテン。リウマチがいけないのか」

「それもあります」

リウマチは魔族種にとっても厄介な疾病である。

原因がわからない病だったうえに、あのエリクシエル剤でさえも治癒できない。

改善された報告とむしろ悪化した症例とがあり、医師たちはこの症状への使用すら止めている。そうなると不老不死に近い魔種族たちにとって、一生付き合っていかねばならない病だった。とくに関節リウマチの場合、巨躯で体重のあるオーク族には堪《こた》えた。

おまけにツィーテンの場合、その症状が膝に出ていたのでたいへん辛かった。

騎兵科出身の彼にしてみれば乗馬もままならなくなり、これもまた絶叫したいほどの惨苦であっただろう。彼はずっと黙してそれに耐えてきていたが。

「それも、か……他に何か理由があるんだな？　言ってみろ」

ツィーテンは少しばかり躊躇《ためら》ってから、だがきっぱりと告げた。

「…………私には、もうシュヴェーリンの奴のようには、最新の兵学や技術についていけません。あのグラックストンを見て、つくづくそれを思い知らされました」

「…………」

「このまま一軍を率いれば、我が王《マイン・ケーニヒ》にも、軍にも、きっとご迷惑をおかけします」

「…………」

「我が王には、感謝の念しかございません。一二〇年前、我らは藁《わら》小屋に住み、粗末で僅かな食べ物を分け合うばかりでございました。それが、丸太となり、煉瓦《れんが》となり、いまではこんな立派な家に住まい、明日の糧を心配しなくてよい日々まで送れるようになりました。物分かりの悪い我らを、ここまで導いて下さった。本当に感謝と畏敬の念しかございません。王の……いや、あなた様の身に起こった辛苦、労苦を思うなら、百遍の言葉も百万の感謝でも表せるものではございません」

「…………」

「であればこそ。だからこそ。ご迷惑はおかけできません。どうか、どうか。若い者を……」

「…………」

グスタフは、首を振り、微《かす》かに肩を震わせ、何かを堪《た》えるようにし、目頭を揉《も》んだ。

――この馬鹿。

――この頑固者。

彼が小さく涙声で呟《つぶや》くのを、ディネルースの「耳」は確かに捉えた。

「作戦は司令部の参謀たちがやる。そのための参謀将校だ。我が軍の制度はそれでやれる。お前はどっしり、何も考えずに、彼らの上に座っているだけでいい。参謀たちに全て任せ、口を挟まず、黙って彼らの全てを見てやりながら、その上で責任は負う覚悟があるならば、軍の統率者には必ずしも最新知識は必要ない」

「…………」

「私の知る頑固者ツィーテンは、それくらいのことは朝飯前でやれる牡《おとこ》だ」

「…………」

「それにな、ツィーテン――」

「はい……」

グスタフはツィーテンの両手をとり、その耳元で何事かを囁《ささや》いていた。

それはあまりにも小さく囁かれた何かで、ディネルースにさえ聞き取れなかった。

だがグスタフ王誠心誠意の、真摯《しんし》な何かであることはその様子から間違いないと推察することだけは出来た。

「…………そんな。そんな……本当にそんなことが？」

「ああ。そのつもりでやることだ」

「可能でありましょうや？」

「ああ、やれる。いや、何としてもやらなきゃならんことなのだ、これは」

「…………」

「だから、お前や、ゼーベックや、シュヴェーリン。皆がいてくれなきゃ困る。私が背中を預けられる奴がいてくれなければ。あのデュートネ戦争のときのように、お前に背後を守ってもらわなければ私の心が休まらない。病身のお前に、我ながら酷いことを頼んでいるのは承知のうえだ」

「…………」

「どうだ。一緒に来てくれるか？」

「……はい、我が王。非才な我が身でよろしければ。きっと。必ず。這《は》ってでも」

グスタフがこのときいったい何をツィーテンに告げたのか、ディネルースは帰りの馬車内でも訊こうとしなかった。

それはグスタフと古参の側近らの間にだけ成り立つ、深い信頼感や、いままでの関係性、歩みなどといったものに裏打ちされた何かであろうことはわかって、容易に立ち入れることではない、踏み込んではいけないもの、またそうしたいものとは彼女にさえ思えなかったのだ。

また帰路におけるグスタフは車窓の景色を見つめるともなく物思いにふけっており、何か話しかけられる様子ではなかった。

我ながらまったく嫌になったが、決して物分かりよく全てを察してやれたわけでもない。

そんな彼の姿に寂寥《せきりょう》や疎外感を得なかったのではなく、あれほど篤《あつ》く肌身も情さえも触れ合っている彼へ、何か急にぽっかりと恐ろしい断崖が開いたような、むしろそんな距離さえ感じたが、これは己の我儘《わがまま》、傲慢、思い違いであろうと目を伏せるしかなかった――

「……あ。おい停めろ。停めろ、停めろ」

何を目にしたのか、グスタフの瞳に俄《にわか》に生気が戻り、天井にしつらえられた呼び鈴を鳴らし、馬車は静かに停車した。

官邸への道半ば、噴水つき円形交差点《ロータリー》の路端だ。

何事かと目を剥いていると、グスタフは自ら扉を開けて飛び出し、訳のわからぬまま続こうとしたディネルースを手で制して、

「いいから、いいから。良いものを買ってきてやるから待ってろ、ディネルース！」

そう言って、歩道端に店を広げた露店へと一散に駆けていった。あの軽挙癖が出ている。

視線を巡らせると、ちょっと何を商っているのかわからないような、特徴のある露店だ。

手押しの小さな屋台の態であって、子供の喜びそうな汽車を模した見かけをしている。それほど玩《がん》具《ぐ》じみていながら、ちゃんと煙突からは排熱が放出されていることをしめす陽炎《かげろう》が立ち上っていた。

グスタフは店の主にあれこれ注文し、両腕をいっぱいに広げる仕草をした。いちばん大きなもので

寄越せと言っているようだ。

店の主は頷き、まず汽車状の手押し車の上部にある、釜の蓋《ふた》を開けた。湯気が立ち昇る。

ついで取りだした大振りの紙袋に、つやつやと輝きながら湯気をたてる、マローン色をした何かを小さなシャベルで釜のなかから次々と放り込む。

その何かは、硬貨大をしていた。

あれは――

既視感から正体へと気づく前に、グスタフは戻ってきた。片腕に紙袋を抱え、また一方の手には白ワインのボトルを握っていた。そちらも売っていたらしい。

「さあ、ディネルース、こいつは美味いぞ！　あっち、あちちちち……」

グスタフはそのゴツい手で、それを取り出した。

「……これは。その……私の見間違いでなければ、ドングリではないのか？」

「ああ、そうだよ。オルクセン秋の名物、焼きドングリだ」

唖《あ》然とした。

あの街路樹から落ち始めているオオマテバシイのものと同じ、うんと大きなドングリだったのだ。

「ド、ドングリは食べられないだろう……！」

ドングリは苦い。

そのうえ毒がある。

そんなことはディネルースでも知っている。

子供が遊戯に拾い集めるならともかく、焼いて食うとはどういうことなのか。

「いやいや、安心しろ。オルクセン原産の、オーク族が昔から食ってきたこいつは大丈夫なんだ。君たちや人間族が食ったって平気だ。ちゃんと科学的に証明もされてる。こいつに有毒成分はないんだ」

「ほ、本当か……？」

何か担がれているのではないか、そのような気分が拭えない。

疑うばかりのディネルースを前に、グスタフはその大きな実を一つ割ってみせる。中からは茶褐色で艶やかな、ふっくらとした実が湯気を立てて出てきた。

「さ、食ってみろ。私が君に食い物のことで嘘を言ったことがあるか？」

「そうだな……うん、その通りだ……で、では……」

恐る恐る手にとり、口に含んでみると。

――甘い。

たまらなくというわけではないが、ほんのりとして、滋味のあるような、それでいてしっかりと感じられる甘みがある。

何よりも、そこに過剰な技巧を感じないところが良かった。

紛れもなく大地の恵みそのままのような、無垢な甘さをしている。

焼き上げられたことによる温かみと香ばしみも素晴らしい。

「……これは美味い！」

「だろう?」

グスタフはくすくすと笑いつつ、次々と硬い皮を器用に割り、供してくれる。

ひとつやらせてもらったが、上手く割れない。硬さによるものというわけでもなく、またオーク族による力の具合というわけでもなく、どうも何かコツのようなものがあるらしい。

「いいから、いいから。何も考えずにどんどん食べるんだ。誰も見ちゃいない。子供のように口いっぱいに。そうするとこいつは最高に美味い!」

恥を捨て、言われたままにしてみると、本当に美味かった。

あのほんのりとした甘みが、濃厚なものへと変じて、口いっぱいに広がる。

すると——

「そして、おとなはこいつを合わせるんだ」

高級馬車らしい、座席下にあった車内備え付けのボックスからグラスとコルク抜きとをグスタフは取り出し、白ワインの封を開け、注ぐ。

「さ、やってみろ。いっておくが、こいつは火酒でもカルヴァドスでもだめだ。白ワインがいちばん合う」

それはよく冷えていた。

どうもああいった店では、刻印式魔術つきの容器を備えておいて、ボトル売りやグラス売りのワインも扱っておくのが定番らしい。似たような商いは、あのヴァルトガーデンの朝市でも見たことがあった。

ようやく口いっぱいのドングリを嚥下《えんげ》できたところへ一口含んでみると、

「…………！」

――清涼。芳醇。甘露。

ボトルを眺めなおしてみる。

確認してみても、どういうことのない安ワインだ。

だがそれが、一級の高級銘柄であるかのように味蕾にしたたり、喉を滑り落ちていく。

恍惚でさえあった。やや辛口なところがまたいい。

焼きドングリの甘味も、白ワインの清爽も、そのどちらもが相乗しあい、共鳴し、融解していく。

「感想を聞くまでもなさそうだな。喜色が満面になっている」

「こんなことが……こんなものがあるなんて……思ってもみなかった」

「ふふふふ。こいつは、おとなも子供も、オルクセンの国民にとって秋の何よりの楽しみなんだ。ああ、あとは豊穣祭もあるが」

豊穣祭というのは、この一年の大地の恵みに感謝して、毎年一〇月にオルクセン全土で開かれるという、国民的祝祭のことだ。下旬から一週間、長いところで二週間は続き、皆で民族衣装を着て、おとなはビールに酔い、子供は小遣いなどもたっぷり貰って各地の出店を楽しむ――そんな祭りだとディネルースは聞いている。

その期間になると街路樹はオルクセン国旗の色彩による飾布で彩られて――

そこまで考えて、はたと気づく。

「……街路樹。あの街路樹は祭りのためなのか……！」

「あー……うん。いまではそうだが。本当は違う――」

グスタフ曰く、オルクセンの街路樹がオオマテバシイばかりなのは、非常食としての備えのためだったのだという。

「もし飢饉に陥ったり、あるいは万が一戦争で都市が包囲されてしまっても大丈夫なように。そう考えてむかし植えさせた。食料庫は何処にもあるが、食べられるものはあってもあっても困るということはないからな」

「………」

「こいつなら誰でも食べられるし、家畜の餌にだってできる。それに、私が治世に失敗をやらかして貧民を出してしまったとき、こいつを拾えば何とか生きられるだろうし、目先に困った者にも元手無しで商売にできる。まあ、ちかごろじゃそんなことは無いうえに、街路樹からは落ちるがままになっているが――」

「………」

「いまではドングリ売りたちも、街路樹のものは使わない。質のいいものを、森や農家から仕入れているようだ。無駄になってしまって、もったいなくもあるが。それはそれで、私の治世は上手くいっているのだと思えて、ありがたくもある」

今更のことではあったし、何度目の思いかもわからないが。

このひとは――

もうずっとそんなことをやってきたに違いない。

文字通り、一二〇年かけて。

ツィーテン上級大将も言っていた。

藁小屋から丸太小屋へ、そして煉瓦の家へ、と。それは比喩ではあったろうが、真実でもあろうことも間違いないのだ。

きっと彼らの会話はそれに起因するもので。

ディネルースは、もう己でさえ狭量に思える感情など、捨て去ることにした。


世の森羅万象は、例えどれほど慎重に条理を尽くして予想や計画を事前に立てていたとしても、ときにあっさりとそれを裏切るものである。

そして歴史には、しばしば「回帰不能点《ポイント・オブ・ノーリターン》」と呼ばれる出来事がある。とくに戦争の前には。

星暦八七六年一〇月一三日に起きた、この年における星欧諸国外交関係上最大の事件もまた、その当事者たちにおいてさえまったく予期しえないほど不意で、突発的であり、慮外のものであった。

この日午後、オルクセン首都ヴィルトシュヴァイン新市街の国王官邸には、二名の賓客があった。

キャメロット外務省在オルクセン駐箚公使クロード・マクスウェル。

同差遣特使サー・マーティン・ジョージ・アストン。

用向きは事前に伝えたうえでの、丁重なアポイントメントを取得した訪問である。

アストンはマクスウェルの前任にあたるオルクセン駐箚《ちゆうさつ》公使だった人物で、人間族における、星欧内屈指の魔種族研究学者だった。

柔和な顔つきで、笑うとちょっと困った表情のようにも見える、白髪の老人。その様子には他者を圧するようなところは微塵もない。

実際に温厚篤実、紳士的な人物であり、グスタフとの親交も厚かった。在任中のみならず、いまでもときおり私信のやりとりもする。

彼はキャメロットにおけるその道の研究の泰斗であって、ときに国王グスタフから貴重な書籍を借り受けることがあり、つまりそれほど馬の合った私的な友誼関係があった。

「やあ、アストンさん。お久しぶりです」

「国王陛下におかれましては、ご機嫌うるわしゅう」

彼らを出迎えたのは、オルクセン国王グスタフ・ファルケンハインと、外務大臣クレメンス・ビューロー。

「ポントビダンの博物史。如何でしたかな、あれは」

「たいへん興味深いものでした。いまは大博物史との比較をしております」

「それはそれは」

グスタフとアストンとの間に友誼的にやり取りしている、いにしえの博物書について話している。

それはあまりにも古い時代に当時の人間族の学者たちの手により書かれたもので、例えばオークの足には関節がないだとか、サイには背中にも角があって魔種族の一種であるとか、北海には全長二〇キロを超える怪物が棲んでいるといったような、こんにちの目で見れば魔種族たちだけでなく人間族からさえ荒唐無稽に思える内容の代物だった。

しかしアストンはこれらを当時の学者たちの夢物語や妄想として一笑に付すのではなく、伝承上なんらかの由来があったのではないか、だとすればそれは何であったのか、といった考察を試みる、民俗学的魔種族研究ともいうべき探求をもう何年もやっていて、これはグスタフとしても興味のある内容だった。

「このような会話ばかりを楽しめればよかったのですが……」

アストンはちょっとそれを残念がり、

「まったくですな」

グスタフは肩をすくめるような仕草と表情とで、これに応じた。

この日アストンは、母国から一通の外交書簡を携えて差遣されてきていた。

キャメロット外務省からのものではない。

正確にいえば間接的にはそうなるが、発行元はエルフィンドの政府だった。外交上の仲介により、彼らはオルクセンへとそれをもたらす役割を果したのである。

中身については、まだ彼らも詳しくはわかってはいない。

エルフィンド女王より、オルクセン国王への封印親書であると伝えられ、手交を依頼された書簡であった。

だからこの日の会談は、二対二のものになっていた。

科学技術の発展著しい当節とはいえ、長距離の情報伝達手段や、あるいは複写謄本を行うような技術はまだまだ全幅の信用はおけないもので、互いに錯誤や誤伝、あるいはもっといえば改竄《かいざん》や改変がないよう、このような場合は双方多くの者が参加し、互いに内容を確認しあうのが常である。

グスタフはとくにそうしていた。たとえ、先方から求められなくとも、だ。

そのような、些末にも思えるようなことが先方からの信頼を生むのだと、これはビューローなどにもよく言い聞かせていることであった。

そのグスタフは内心、やっとか、などと思っている。

エルフィンドを外交的にせっつき、ようやく戻ってきた返書だ。

これをきっかけにして、更に内容を問い詰め、修正を求めるなどした書簡をこちらから送り、また先方の返信書簡を待ちうけ、更に協議書を送付して――そんなやりとりが、一年ばかりは続くだろうな、という予想を彼と彼の配下たちはしていた。

軍の連中は、開戦は行動に制約を受けにくい夏季がよいと希望している。

エルフィンドにおいてさえ冬穀の刈り入れが済み、都市や村々の食糧保管庫には新穀が満ちて、海軍としても波の穏やかなその時期がよい、と。

また海軍はこのころ、エルフィンド海軍の巨艦と充分にやりあえる排水量一万トンの一等装甲艦二隻を建造しつつあり、一番艦などはすでに進水を終え、その完成を待ち望んでもいた。

だから外交交渉の終末点をその辺り、つまり来年夏季のころを目指して行い、それでも埒が明かなければグレーベンなどの提案していた軍事的挑発案を採って、開戦に持ち込む――

そんな未来絵図を描いていたのである。

「では――」

グスタフは執務机からペンナイフをだし、封蠟《ふうろう》の施された外交書簡を開封した。

一読する。

書簡の内容は素気ないものだった。

短く、簡潔としている。

アストン特使の口上通り、時候の挨拶などの前文もあり、親書の態をとっている。

同じ内容のものが二通あった。

一通はアールブ語、もう一通はキャメロット語で書かれている。

肝心の内容のほうはといえば、オルクセンにおいては我がエルフィンドの内政に干渉しないでほしい、それを文書で確約してほしい、というものだった。

ダークエルフ族に対する大量殺戮《さつりく》のことなど、おくびにも出していない。

つまり、簡潔な内容としながら抽象的表現とすることで慎重に自国の起こした政治的弱点を晒《さら》さぬようにしていた。流石《さすが》は言葉遊びを得意とする白エルフ族、見事といってもよかった。

だが――

グスタフは、その内容に強烈な違和感を抱いた。

だから、異なる言語で記された二通を、もう一度両方読んだ。

違和感は変わらなかったうえに、その理由への確証も持てた。

正確にいえば、ただ一箇所に。それは実際の内容でいえば、末尾に近い部分に、次のように記載されていた。

……であるから、我がエルフィンド王国はシルヴァン川流域に関する全ての権利を留保し、オルクセンにおかれては二度と干渉介入せぬことを書簡にて誓約してもらいたいと願うものであり……

彼はそのなかでも、更にただ一部分に、重大な瑕疵《かし》があることに気づいた。

それに気づいた瞬間、全身が震えた。

これは。

こいつは。


——奴ら、とんでもない失敗をやりやがった！


グスタフは、エルフィンドがそんな真似をしでかした理由まで察してやることができた。

おそらくだが——

あまりにも長い期間にわたって自国に閉じこもりすぎたこと、そして彼女たちの種族が自ら用いる「言葉」に対し、慢心ともいえる自信を持ちすぎていたこと。その二点による。

意訳してやるなら、「過去のことは充分ご存じでしょう。いまさら記載するまでもございませんわ。二か国語で出してさしあげるのですから、貴方がたのような蛮族にも読めますでしょう」そんな文書の作り方が原因だろう。

その傲慢が招いた、重大な過失。

たった一箇所の、それでいてあまりにも致命的な瑕疵。

あるいはそれは、オルクセンの外交に自ら密接に関わってきた、彼にしか瞬時には気づけないような代物であった。

――「流域」。

たったその一個所に、エルフィンドにとって致命的となる過失は存在したのだ。

この時代、外交文書のなかでは実に様々な地理的概念を示すあやふやな言葉が飛び交っていた。

利害区域、調整区域、暫定国境線、利益線、等々。

星欧列商各国を中心に、人間族の国々が世界中に乗り出すようになり、未開だった地には植民地や保護領が誕生し、あるいは道洋における老大国である華国のような国々を侵すようになって、それらの言葉は生まれた。

そんな利害と利害のぶつかり合いであるからこそ、このような曖昧な言葉の数々は、慎重にも慎重を期して用いねばならないものだった。

例えば、だが。

どこかの山脈を境にして、植民地や保護領なるものが隣り合わせていたとしよう。

その山脈「より南」と「以南」では、まるで意味が異なる。

山脈一個含むか含まないか、外交文書でやり損ねれば大騒動だ。だから外交官たちは慎重に言葉を選ぶ。いってみればこれは、外交官たちにとっての戦争だ。

そのような外交的常識のなかにあって、エルフィンドが軽々しく用いた「流域」という言葉は、あまりにも危険かつ迂闊で、不用意な代物だった。


――シルヴァン川流域には、オルクセン領もあるのだ。


オルクセン外務省の公式見解によれば、東部域における南岸は明白にオルクセンの領土であり、これは実効支配においてもその通り。しかもその境界は、河川を国境とする以上、シルヴァン川の川幅中央に国境線を引くべきものであった。

同地域における「全ての権利を留保」し、「干渉するな」という文章はつまり、

「オルクセン領からも出ていけ」

そう読むことも出来てしまったのだ。

おまけに、これを書簡で確約しろ、という。

しかもこれは、元の文書に何らの改変も改竄も、意図的誤訳も施さずそうとしか読めないのだと主

張することが出来た。

「自国の領土から出ていき、これを文書で約せ」

とんでもなく無礼かつ傲慢《ごうまん》で、親書とはとても呼べず、オルクセンに対する最後通牒《つうちょう》だとすら主張できてしまう内容だった。

もちろん、エルフィンド側にそのようなつもりはなかったことを、グスタフは理解している。

だが。

だが。

――奴らは大失敗をやらかした！

刹那《せつな》のうちに、己だけで決断を下してしまわなければならなかった。

こんな機会は、おそらく二度とない。

だから彼はこのあとどのような態度を周囲に示すか、あっという間に決めた。やるしかなかった。

ここまでの思考を、ビューローや、マクスウェルや、アストンから見れば、まるで一瞬のうちに決めた。

「こんな……こんなことが……」

グスタフはひねり出すように言った。

声が震えたのは、怒りを示す演技のつもりなのか、長年の友誼を持つ友人さえ騙《だま》そうとしている緊張からなのかは、彼自身にもわからなかった。

そんなグスタフの様子に、周囲の三名は何事かと目を瞠《みは》る。

「どうぞ特使、ご確認ください……これが親書だとは。こんなものを親書として送ってくるとは……私には信じられません……」

アストンが文書を受け取り、読み込み、確認をはじめる横で、グスタフは大仰に荒々しい言葉を吐いた。彼へと、キャメロットの外交官たちへと、その重大な瑕疵に誤った解釈を植え付けるために。

「シルヴァン川流域の……我が領土から出ていけとは……こんな……こんな無礼な親書があってたまるか……！」

「これは――」

思惑は図にあたった。

アストンは顔面蒼白となり、これをマクスウェルにも確認させ、彼もまた同様となった。彼らは、これほど怒りを露《あら》わにするグスタフを初めて目にしたのだ。

この間、グスタフはビューローへ視線をそっと送り、頷いている。彼にはそれだけで良かった。

アストンなどからはまるで神話伝承上の、伝説の魔王のように見えているだろうな。そう僅かに哀しく思いつつ、グスタフは仕上げをした。

彼は唸るように、俯《うつむ》き、震え、怒りを全身全霊で抑え込んでいるかのようにし、告げた。

「我が一二〇年に及ぶ治世において……これほど恥知らずで、傲慢に満ち、厚顔無恥な外交文書は、目にしたことがない……」

「どうか、お気にやまれず。事態ここに至りましたことはまことに遺憾ではございますが、貴国政府の外交的仲介には心より感謝しております。どうかそれだけは誤解なきよう――」

彼らとしても事態を本国へと打電したいのだろう、外交的儀礼もそこそこに辞去の挨拶を済ましたキャメロット公使と特使とが退出していくのを、グスタフは内心焦れるように待っていた。

彼らが去ると、グスタフは狂喜して叫んだ。

「ビューロー、やった、やったぞ！　こいつは開戦事由になる、どうやったって戦争に持ち込める！　他国からさえ疑いの招きようのない、我らが求めてやまなかった、大義名分だ！」

「はい、我が王！」

そして執務室の、あの軍艦の装甲のように重厚な扉を開け放ち、叫んだ。

「ダンヴィッツ！　伝令だ、伝令！　ゼーベックと、海軍最高司令官のクネルスドルフを！　ああ、あとグレーベンの奴もだ！　アドヴィン！　ミュフリングを連れてくるんだ！」

このとき。

俄《にわか》な参集令を受けた国軍参謀本部参謀総長カール・ヘルムート・ゼーベック上級大将は、国軍参謀本部一階の将校食堂で、グレーベンら幹部と夕食を共にしようとしていた。

海軍最高司令官クネルスドルフ大将は、庁舎から退出しかかっているところだった。

彼らは国王官邸へただちに集うと、前者二名は事態に狂喜し、後者はややその顔貌を強張《こわば》らせた。

そうして軍幹部たちは、国王への軍事上の保証をした。

「陸軍はやれます」

「海軍としましては……新造艦が間に合わないのは断腸の思いですが。この季節というのは不幸中の幸いです。まだ、艦艇の戦闘行動はやれます」

「よろしい――」

グスタフは頷き、命じた。

「ならば戦争だ。ひとつ始めようじゃないか」

この日のうちに、国軍参謀本部は各軍司令部や師団司令部にあてて一本の電文を発した。

それはオルクセン陸軍史上もっとも短な電文であり、そうでありながら受け取る側はただそれだけで一切を理解できる手筈《てはず》になっていた。そこまで態勢は整っていたのだ。

本文は、ただ一言。

――「白銀《ジルバーン》」。

戦争準備における最終段階、オルクセン軍による戦時動員と兵力展開が始まった。彼らが目指す方角はただ一路。

エルフィンドとの国境である――

第五章

戦争のはじめかた《オークシャン・ソルジャーズ》

――「魔の一二日間」。

オルクセン国軍参謀本部幹部たちは、その期間をそう呼んでいる。

軍が動員令を発し、予備役将校や同じく下士卒たちが召集され、戦時編成となった部隊が作戦計画指定の地点へと展開作業を終えるまでの期間だ。

これは徴兵制による平時体制及び戦時動員制度を採っている軍隊にとって、例え焦れるような、歯噛みするような、そんな感情を抱いたとしても、どうにもならない必要期間である。

オルクセンほど練られた戦時動員と兵力展開の体制を備えた国でも、これは例外ではない。

彼らは仮想敵国ごとに番号を振った作戦計画一号から六号までの戦争計画を持っており、実にオルクセンという国の軍隊らしくそれらを細部まで練りまわしていたが、どの計画を発動させたとしても概《おおむ》ね一二日間程度の動員展開期間が必要だった。

対エルフィンド戦を想定した六号――いまや侵攻作戦計画「白銀の場合《ケース・ジルバーン》」と呼ばれるようになった計画も同様である。

国内全土から約五〇万の動員兵力をかき集め、エルフィンドとの国境地帯に送り込み、展開する。

この作業に要する期間が、一二日間。

ただこれは、周辺諸国の軍幹部たちがもし知ったら唖然、茫然、慄然とするほどの、実に贅沢《ぜいたく》な悩みであったとも言えた。

これより一五年ほど前、隣国グロワールが、当時勃発した南星欧の半島国家エトルリアの統一戦争に介入したことがある。

このときグロワールは、約七〇万という大軍を動員、当時まだ目新しいものだった鉄道による軍隊輸送という新戦術を主体に用い、彼らの南部国境部に軍を集結させたが――これに要した期間は、四か月だったのだ。

それから一五年という歳月がもたらした技術的進化と熟成、動員体制が異なっていること、兵力数の違い、おもに平時における鉄道の整備にどのような政策を用いていたのかといった国家体制の差異などもあるが、オルクセンの戦時動員期間をグロワール軍幹部がもし知れば、それはあまりにも短なものだった。

正気かと問い詰め、夢物語に違いないと喚《わめ》き、戦慄したに違いない。

実際のところ彼らは自国の志願義勇制度による国民兵、その常備軍制という体制に自信を持っており、仮に自国グロワールとオルクセンが戦争になった場合、開戦当初から圧倒的優位に立てると思い込んでいたからだ。

そんな具合だったから――

このときオルクセン軍は、たいへんな野望を抱いている。

一二日間で軍を動員し、展開させ、エルフィンドとの国境に雪崩れ込むただその瞬間まで、当事者たるエルフィンドにはもちろん、周辺国にもこれを悟らせず、開戦を奇襲によって踏み切ろうと目論《もくろ》んでいたのだ。

彼らはそれを、やれる、と踏んでいた。

少なくともエルフィンドが直前になって気づいたとしても、白エルフたちの兵力動員が間に合わぬうちに突っ込める、そのように企図してこの作戦計画を発動したのである。

そのために、この「魔の一二日間」においてさえ、彼らは実に様々な策を打っていた。

まずオルクセンは、あの開戦の大義名分となるエルフィンドの書簡の件――のちの世に「エルフィンド外交書簡事件」と呼ばれることになる事態を、すぐには国内外に公表しなかった。

これを行えば国内世論は沸騰、団結し、義勇兵なども集めることも出来、諸外国もまた開戦理由を承知したであろうが、それでは奇襲を秘匿できない。

国王グスタフ・ファルケンハインや外務省、国軍参謀本部などの協議により、公表は開戦と同時に行うことに決まった。

キャメロット外務省など、オルクセンがこれを公表しないので、まだ外交的な事態改善の余地があると、意図的にオルクセンにより作り出された誤解に基づいた安堵までした。

また、兵の動員は、あくまで演習とされた。

オルクセン国軍が演習において予備役動員を行うことは珍しくない。

少なくとも最大で年二回あった。

鉄道機動も同様である。

これが戦時動員であることは、各軍を率いることになる最高幹部たちや、師団長とその司令部要員や、ほんの一握りの将校たちにしか明かされなかった上に、彼らには緘口令《かんこうれい》が敷かれた。

動員され、機動展開の当事者ともいえる部隊の一般将校や、予備役将校、兵や予備役兵たちは、これをまるでふだん通りの演習だと知らされ、そう信じ切っていたのだ。

だからこの戦争では、過去にはオルクセンでさえ一般的だった、出征兵士のパレードや市民たちによる見送りといった儀式めいたものは、まるで行われずに動員が進行した。

演習動員だと信じ切っている将兵を送り出す家族や周辺のなかには勘も鋭く察する者もいたが、大半の国民たちは、ああまた軍の演習かなどと思い、見過ごしてしまっている。

オルクセン国内の報道機関も、機微を報じることは無かった。

「各報道機関に布告す――」

という前文で始まる、報道管制が敷かれたのだ。

発令は、各州の平時における軍政を担当する軍管区司令部。その副司令官名になっていた。

これは正式には「陸軍及び海軍の行動に関する軍機戦略の報道禁止令」といい、たいへん物々しいようにも思えるが、実は発令そのものは珍しいものではなかった。

軍の演習時、全国主要紙や地元地方紙の記者が許可を得て部隊に同行取材することはよくあり、この際、軍機に触れる内容がないかどうか確認が取れるまで報道させない、という軍民の協定に基づいている――

似たようなかたちで布告された内容は多く、軍部隊の鉄道使用及び民間利用制限の法的根拠である「鉄道軍事使用令」、沿岸要塞の動員を定めた「沿岸防禦令」などが該当し、これらもまた平時から演習動員に合わせ臨機に発令されてきたもので、国民はすっかり慣らされていた、と称していい。

この動員期間中、予備役の更に予備、後備役兵の動員は故意に行なわない方針にもなった。

少しややこしい話だが、オルクセンの軍制では、戦時となると出征した師団のあとには、同じ師団番号と名称を使った「留守師団」という組織が出来上がる。

補充兵を練兵しつつ、この留守師団を構成するのが後備役兵や国民義勇兵で、後備〇〇第〇旅団であるとか、後備〇〇第〇〇連隊といった部隊を作る。

装備更新により余剰となった保管兵器などが支給され、出征した部隊に代わって国土防衛の任に就く建前になっている。

オルクセンはこの制度のおかげで、仮に他国から攻め込まれた場合、なりふり構わぬ根こそぎの動員をかければ、最大で約一五〇〇万の軍隊を作ることができると試算されていて、キャメロットなどに約した「国土防衛に怠りはない」という文言の、裏付けたる根拠にもなっているのだが。

この後備兵の動員までかけてしまった場合、それはもうどう見ても国内外双方ともからオルクセンが戦時体制に動いたとしか受け止められない。

国民生活にも多大な影響、支障がでて、そうなると海外の目からも隠匿しきれないであろう。だからこの後備兵動員もまた、開戦のそのときまで行われないことになった。

たとえ他国が邪《よこしま》な陰謀を抱いたとしても、そのときには彼らの動員期間もあるから即時性をもってしては実行し得ない、そう判断された。そもそものような懸念は外交的に封じてもある。

そして、オルクセンという国家が持つ特有の事情の数々も、この軍事上の秘匿行動を助けた。

軍事行動に際してとくに改めて貯蔵せずとも、普段から国有所蔵庫に保存され、鉄道路線各駅に蓄えられていた糧食。

国内に滞在や居住する周辺国からの在留者が、魔種族の国ゆえに数も地域も非常に限られ、その目が隅々まで行き届いていなかったこと。

兵力動員及び展開の実務にあたる国内鉄道関係従事者の全てが、オルクセンの場合は国有鉄道社の者であったため、情報統制が非常に容易であったこと、等々――

時代による要因もある。

電信に加えて、オルクセンには魔術通信も存在したが、その迅速性は後代の目からみればずっと慎ましいものであった。たとえ軍隊輸送列車の通過を誰かが目撃し、更に不審を抱いたのだとしても、彼らがもたらす情報はうんと狭い範囲で済んだのだ。

エルフィンドとの関係性もあった。

元々、かの国とは国交がまるでない。

個の交流すらなかった。

国境部から侵攻の直前まで物理的及び魔術的距離をとって部隊を集合させればそれだけでよく、他国との国境だったならありふれた存在だったはずの、商人や、観光客たちの目を心配する必要がまるでなかった。

種族としての見た目があまりに違い過ぎ、密偵や軍事探偵も存在し得ない——

事態は静かに、だが着実に進行していった。

開戦を奇襲もしくはこれに近いもので成し遂げようとする以上、この期間、軍において事情を知る者には、焦慮し、懊悩《おうのう》し、倦《う》む者も当然存在した。

やや意外であったのは。

この兵力動員時期の末ごろまで、あの作戦の天才にして傲慢不遜極まりない国軍参謀本部次長兼作戦局長エーリッヒ・グレーベン少将などは、非常に動揺している。若く、才知に優れていたゆえに、次々と悪い方向へと想像が脳裏を巡ってしまい、終始青い顔をしていた。

海軍の最高幹部たちも同様だった。彼らは元より、エルフィンド海軍に対し戦力的に劣勢である。これを覆そうと建造していた新造艦の完成はどう見ても開戦には間に合わず、手持ちの戦力でどうにかするしかなかった。ある海軍幹部など、

「いまこの時期にエルフィンドと戦争をやろうなどと愚かなことを、いったい誰が言い出した！」

そう叫んだ者までいた。

海軍はここに至るまでの過程で、何度も陸軍と折衝し、時間にすればほんの僅かな差ではあるもの

の、開戦の第一手を自らが担うべくその希望を叶えていた。

兵力差がある以上、開戦劈頭《きとう》にまだ用意の整っていない敵海上兵力へと痛打を与えるべく作戦行動を起こすことは、絶対に必要な自明である。

陸軍は陸軍で奇襲したい目標があったから、この決定に至るまでにはたいへんな論争があり、ときに互いの幹部同士が掴み合い、罵り合い、文字通り殴り合ってまで、その役目を担うことになった。

我ら海軍が成功しなければ第一軍の作戦行動は大幅に狂う、ひいては第三軍の役目も変じると説得し、陸軍側が折れたのだ。

であるからには――

俄に決定した開戦を前に、僅かな準備期間で手持ちの乏しい艦艇を整備し、休暇中の乗組員たちなども呼び戻し、給炭、弾薬補充を終え、作戦行動へと入らねばならなくなった。果たして敵海上兵力がこちらの思惑通りにいてくれるのか、という不安も当然存在した。多くの海軍幹部たちは、祈るような気持ちで開戦予定日を迎えようとしていたのだ。

このように多くの者が不安を禁じ得ないなか、オルクセン国王グスタフ・ファルケンハインはいったいどうしていたのか――


その様子の一端を、ダークエルフ族戦闘集団アンファングリア旅団の長にして、もはや心の隅々まで彼の女でもあるディネルース・アンダリエルが目撃している。

魔の一二日間の半ばごろ、彼女と彼女の率いる部隊の出征が極秘裏のうちに開始された日、ディネルースは国王官邸のグスタフのもとへ、挨拶に訪れた。

既にその数日前、ふたりは私的な関係上の挨拶はもう済ませていた。

それはどこか身も心も情炎で燃やし尽くしてしまうような、尽きるともない渇望を交わしあったもので、ただ言葉は少なく、しかしながら互いに互いを貪《むさぼ》り、喰らい尽くさんばかりになった。

いまさら、行くなだとか、必ず帰ってこいだとか、行ってくるだの、戻ってくるからなどと語り合う必要はなかった。

グスタフはディネルースがそのような真似を喜ばぬ女だと知っていたし、ディネルースのほうはそれへの感謝を述べなくとも彼は理解してくれていると知っていた。

ふたりの仲は、それほどまでに至っていた。

だからこの日、ディネルースがグスタフの元を訪れたのは、完全に臣下としてのもの、アンファングリア旅団の旅団長としてのものだった。

彼女の旅団は、第一軍――つまりベレリアント半島東岸部へと突っ込むことになるグスタフ親率の軍へと、戦闘序列が発令されていた。

戦闘序列とは、戦時にあってその配下となり命令を受け、兵站及び会計上もまた統制下に入る、という意味である。

侵攻開始時における配置は、第一軍隷下で真っ先に国境部を突破する役割――軍記風にいえば、もっとも役割が大きく、また危険でもある「先鋒」ということになる。

アンファングリアの機動性と、偵察能力、そして現地の地勢に詳しいこと等を買われての、配置であった。

挨拶に訪れたディネルースの栗色の頭には、丁寧に手入れも済ませたあの熊毛帽があり、全身に旅団の漆黒に銀絨《ぎんじゅう》の騎兵将官服を纏《まと》い、サーベルや拳銃、装具の類いも既に帯びている。その左手首には、ちょっと新規な品物があった。

懐中時計の周縁を覆い保つように革材が細工され、さらにそこから手首へと巻き付けるかたちで造作された帯で止めたもの——腕時計だ。

例によってグスタフがお抱えの職工に作らせたもので、数日前に贈られた。連日連夜出征準備に忙殺され、なかなか会う時間を作り合えず、ようやくそれを果たせた日に。

従軍中の者には、とくに馬上にある騎兵科の者には、なるほど便利極まる発明であった。

それは、グスタフなりの最終的な意思表示でもあったのだろうと、ディネルースは理解している。

従軍に要する品物であったのだ。我が牙として最前線に突っ込むことを止めない、という意思だ。

ディネルースは感謝した。

心から感謝している。

己と己が旅団とで、白エルフどもをひとり残らず喰らい尽くしてやろうと、意を新たにしていた。

だからこのとき、それまでに彼から贈られた品々の全てを身に着けるか、すでに部下たちが手筈を整えてくれ軍用列車で同時に送られることになっている行李の中に携えていた。

あの野戦双眼鏡。

肋骨服の隠しポケットのなかの銀水筒には、彼が見つけ出してくれた火酒。

行李のなかには、更にその火酒のボトルが幾つかと、あのアクア・ミラビリスの香油類。グロワールの海藻石鹸。

ひとつ残らずあった。

無言の礼のつもりである。思えば、こんなときに必要になるものばかり贈ってくれていたのだなと、今更ながらに気づいた。

そのようなことを思慮していたくらいで、彼女自身でも気づかぬうちに、知らぬ間のうちにディネルースはひっそりと感傷的になっていたのかもしれない。

だから――

訪れた国王官邸の執務室にグスタフの姿はなく、彼があの隠れ家ともいうべき図書室の一角でソファに座り、アドヴィンを近くに寝そべらせ、本を読んでいたのには驚いた。

「おお、ディネルース。来たな。いまから出発か?」

彼は、ふだんと同じ様子だった。動揺や焦燥、不安といったものとは全く無縁のように見える。

「…………」

「……どうした?」

「いや、なに――」

ディネルースはついには吹き出してしまった。

「大いに結構……！　事態ここに至るも我が王がふだんと変わらぬとは、臣下としてこれほど頼もしいことはない、と。そう思えてな」

「そうか」

グスタフもまた、くすくすと笑った。

その語尾は、まさにその事態とやらだ、事態ここに至って私が焦っても仕方ない、そう告げているように聞こえた。

「ああ、ディネルース」

「うむ？」

「これを持っていくといい」

彼はそう言って、己が読みかけに携えていた、ちょっと分厚い一冊をディネルースへと手渡した。

表紙を眺めてみると、彼女が好むところの、星欧のふるい奇譚《きたん》の類を集めたものだった。気になってはいたが、まだ手にしていなかった一冊だ。

「……読み終わったら、棚に返しておいてくれ。いいな？」

「……そうか。わかった。ありがたく」

ふたりの、互いの存在と覚悟とを認め合う儀式は、それで全てが済んだ。


——星暦八七六年一〇月一四日。侵攻開始より一二日前。

エルフィンド外交書簡事件の翌日であり、既に前夜、陸海軍への動員令が発せられていた同日。

ドラッヘクノッヘン港グロスハーフェンの海軍本拠地では、係留浮標に繋がれた荒海艦隊《ラウゼー・フロッテ》総旗艦レーヴェのメインマスト両側にある信号旗揚降索《ヤード》に、

「各戦隊司令、艦長、集まれ」

との信号旗が掲げられた。

即ちこれは、魔術通信を用いるなとの含意でもあり、各隊各艦は何事かと訝《いぶか》しみつつも、ただいまの信号了解を意味する応答旗を出し、艦載汽艇や短艇を操り、旗艦レーヴェ左舷側に降ろされている舷梯《げんてい》へと次々に乗り付けた。

所帯の小さな海軍とはいえ、一度にこれだけの艇が集まると一種の奇観を成した。旗艦の両舷に延ばされて小艇を待機させ得る係船桁では足らず、各艇は自らたちの主《あるじ》が戻ってくるまで待機をするため、まるでミズスマシのように近くを漂い続けたのである。

「…………開戦」

レーヴェ艦尾の、スターンウォーク付き長官公室へと集められた彼らは、艦隊参謀長より事態を知らされ、揃ってその顔貌《がんぼう》を引きつらせた。

無理もなかった。

いざこの日のために作戦も練り、そのための装備や訓練なども為《な》しうる限り整えてきたつもりだが

――

彼らは当事者であるがゆえに、エルフィンドの海軍がどれほど優れているか、即ち自オルクセン海軍とどれほど隔絶しているか、よく理解していた。

なかでも、エルフィンドの誇る主力艦二隻が最大の脅威だ。

装甲艦リョースタ、スヴァルタ。

それぞれ白鳥、黒鳥という意味だといい、優雅ささえ漂わせた艦名だが、その排水量は九一三〇トン。三檣《さんしょう》バーク型の汽帆装艦。

中央構造物と船体付近、舷側に並の砲では打ち抜けないほど分厚い装甲と構造を持ち、そこへ三〇センチの巨砲を連装二基計四門、最新式の砲塔形式で、両舷にも艦首尾方向へも二基同時に向けられるようこれを梯《はしご》型に配置した、怪物だった。

対するオルクセンの主力艦は、このレーヴェ以下、同型のゲパルト、パンテルの三隻。排水量六二〇〇トン。主砲は二八センチ。

しかも舷側の砲郭と呼ばれる装甲構造のなかに片舷二門ずつ収めた、リョースタ型からみれば一世代前の構造をしており、砲塔式のように片舷や艦首尾へ四門同時に向けられもしない。

救いがあるとすれば、オルクセン側主力艦三隻はもう効率の悪い帆装を排して完全な汽装へと改造されて二本のファイティングマストとし、速力においてやや勝っていたことと、リョースタ型はキャメロット式の前装式主砲で、レーヴェ型はヴィッセルの誇る後装式主砲をしていたことだが。

仮に洋上で会敵した場合、砲戦ではどうにもならないだろうと思われている、峻烈なまでの落差があった。

「なんじゃ、貴様ら。不満か」

長官席にどっかりと座り、居並ぶ各官を見渡した荒海艦隊司令長官マクシミリアン・ロイター大将は、揶揄《からか》うように言った。

オルクセン海軍が、まだほんの数隻の小船を沿岸に浮かべていただけのころから海にいる、オーク族叩き上げの提督だ。

性格は、陸軍におけるあのシュヴェーリン上級大将にちかいと評することができたが、より抑制があり最新戦術研究に熱心、学究的な部分が濃かった。自我の部分が表に出ているシュヴェーリン、といったところか。

「我が海軍最大の宿敵、エルフィンドとの決戦に国王陛下よりご招待頂いたんじゃ。本懐であろうが」

「それは……その通りでありますが」

誰かが答えた。

「それなら、やることは一つじゃろ？　準備せい」

「はっ！」

ロイター提督の示した方針は、単純明快である。

奇襲による開戦とエルフィンド海軍の不活発を頼みとし、いやしくも遠征可能な全艦艇をもって出撃することを目指し、オルクセン主要各港の防禦は旧式の帆走艦、練習艦、そして陸軍の沿岸要塞に任せる――

最終的な作戦案や、各戦隊各艦の役目役割、出撃日、作戦決行日、緘口令《かんこうれい》、その解撤日《かいてつび》といった詳細について参謀長より通達されたあと、これはオルクセン海軍の習わしで、全員で麦酒の杯を一気に飲み干し、歓声を上げ、解散した。

海軍というものは、本当に不屈だ。

この段階になると。

各自、異様なまでに陽気になっていた。

やってやる。

やってやる。

きっと、やってやる。

争うように舷梯へと殺到し、順に出迎えにきた自艦艦載艇へと飛び乗って、汽艇乗員に対し飛ばせ飛ばせと叫ぶ者、あいつに負けるなと煽《あお》る者、鼻歌まじりに海を眺める者、歌いだす者、大声で叫びあって今晩は上陸し飲みに行こうと約しあう司令や艦長たちもいた――

その様子をレーヴェ艦尾のスターンウォークから眺め、見送ったロイターは、

「参謀長」

「はい、提督」

「儂《わし》らみんなで沈んだら、リョースタ、スヴァルタくらい食えるじゃろなぁ」

「……はい、きっと」

彼なりの決意固めをした。

散開していく各艇のなかでは、一隻ちょっと妙な動きをしたものがいる。自艦へと戻らず、艦隊泊地とは対岸のヴィッセル社グロスハーフェン造船所へと舳先《へさき》を向けた汽艇がいたのだ。

あの砲艦メーヴェの、エルンスト・グリンデマン中佐だった。

彼もまた、同僚たちのように半ば自暴自棄じみた陽気な気分となっていたが、それゆえに急がねばならない理由があった。

このとき、彼の配下にあってあの屑鉄戦隊を構成する第一一戦隊三隻のうち一隻、鯨を突いて機関故障を起こしたコルモランが、まだ入渠《にゅうきょ》中だったのだ。

より正確に言えば、修理は既に終え、何度か引渡し前の修理後試験航海をし、最後の仕上げのために整備用岸壁に横着けしている状態である。

どうもヴィッセル社の連中曰く、修理のしきれない――というより機関構造そのものに問題があって、丸ごと交換でもしない限り、根本的には解決のしようのない箇所があるらしいと聞いている。

ともかくこれを引っ張り出させて、出撃準備――海軍風に表現すれば出師《すいし》準備と呼ばれている作業に入り、出撃日までにやり終えてしまわなければならない。

ホルマンの奴を見に行かせておいてよかった、そう思っている。

コルモランの機関長はまだ若く、グリンデマンの目から見てどうもいま一つ頼りなかったので、数日前、自身の信頼するメーヴェ機関長ホルマン機関曹長を様子見に送り込んでいたのだ。

それはいまから思えば、虫の知らせのようなものだった。

ふだんならコルモラン側の顔を潰しかねないので、そんな真似はしない。

だが、どうにも世情の空気から某《なにがし》かのきな臭さを年の頭くらいから感じ続けており、そのような処置をとっていたのだ。

ホルマン曰く——

コルモラン型砲艦で初採用された機関形式は、まともに動きさえすればヴィッセル社の謳《うた》い文句通り、あるいはそれ以上に素晴らしいものだという。

従来の、蒸気圧で円筒反復運動器を動かして運動力を取り出すのではなく、蒸気で直接に羽根車機関を動かして回転運動を生じさせる、ホルマンの言うところの「力強い蒸気《スターカー・ダンプフ》」を効率よく推進器へと伝える構造なのだ、と。

機関の不調を招いているのはその技術的熟成度が足りない点もあるが、海軍がふだん使っている二流三流の石炭もよくないのだ、と。

確かにホルマンの言う通り、海軍は日常的に二流以下の石炭を使っていた。

オルクセンではもっと熱効率の良い、海軍艦艇の燃料などには最適な一級無煙炭も産出する。ところがこれは海軍省の目から見ればたいへん高価な代物で、艦艇部隊はおいそれとは使わせて貰えなかった。

予算に乏しい海軍としては、このように涙ぐましい節約をしていたのだが、これが平時における艦隊運動を大きく阻害していると、ホルマンなど機関科の者たちは罵《ののし》っていた。二流炭や三流炭は熱効率も悪ければ、機関に煤《すす》なども溜まりやすいのである。

いずれにせよ、いまのグリンデマンには些末な話であった。

彼としては、なんとしてもコルモランを引っ張り出し、これが動いてくれるならそれで良かった。

正直なところ、敵艦に食らいつくその瞬間まで保《も》ってくれたあとでなら、自隊三艦全てぶっ壊れてもらっても構わないとすら思っていた。

そうとでも思わなければ、エルフィンド相手には戦えない。

それに。

ホルマンなどの海軍機関科の者たちの不満は、この翌日には解消された。

まず大編成の鉄道貨車で、ついで給炭船で、平時の荒海艦隊なら一年は困らないほどの、文句なしに一級等級の無煙炭が、続々とグロスハーフェンへと届けられ始めたからである。


――同日。

陸軍における動員の初動もまた、始まっていた。

各師団長は、動員令の機密電報「白銀《ジルバーン》」を受け取った前夜、ただちに司令部要員を参集。状況を説明し動員目的への緘口令を敷きつつ、まず会計担当将校に対し、常に師団に用意されている会計費の中から約一六万ラングという、金額の支出を準備させた。

これは、オルクセンの標準的な擲弾《てきだん》兵師団一個が動員に要する初期費用である。

各連隊区において帰休兵並びに予備役下士官及び兵の召集令状を発布させ、制度上連絡が必要だった各県知事、検事長、逓信局支局長に対して通知を実施。この会計費の支払いを、翌一五日朝には完了させた。

連隊区から二日以内に連絡のつく地域に居住している予備役下士官及び兵のもとへ、予備役召集令状が逓信《ていしん》省郵便局配達員の手により続々と届く。

予備役将校たちも同様だった。彼らは通達を受けると、将校は基本的に自弁となっている軍服や将校用背嚢類を自宅の衣装箪笥《だんす》などから引っ張り出し、選び抜いた私物の類を将校行李《こうり》に収め、出頭した。

彼らは概ね、初動日から長くとも六日、最短で二日以内に所属連隊へと到着。

軍服や、背嚢、小銃、装具といったものを再支給され、戦時編成中隊を構成しはじめる。

「今度の演習はえらく急だったな」

「抜き打ち召集訓練ってやつだろ？　女房に店を預ける段取り組むのに、困っちまったぜ」

「おい、そこの貴様ら！　なに無駄口叩いてやがる！」

「へいへい、曹長殿」

「はいだろう！　それに返事は一度！　いまさら初心《うぶ》な新兵のつもりか、貴様らぁ！」

そんな光景があちこちで繰り広げられた。

奇妙であったのは、ふだんなら丹念に実施される、予備役兵たちへの勘を取り戻すための初歩的な訓練が殆《ほとん》ど行われなかったことだった。

分隊や小隊、中隊という単位では行われたが、機動演習を優先し、より入念で大規模なものは機動先で実施するという。

制帽たる軍用兜も携える必要はなく、略帽でよいとされた。

「すると、鉄道機動か。あれ面白いんだよな、見たこともない街へ行けて」

「そうかぁ？　俺は尻痛くなるから嫌だけど。客車回してくれねぇかなぁ、どうせ貨車だろうなぁ」

「俺たちゃ図体でかいからな」

「あの……兵長殿、踏まれそうです……」

「おおう、すまねぇ、コボルトの坊主！　おいみんな、開けてやれ開けてやれ！」

「ありがとうございます……！」

戦時動員状態となった各師団は、最寄りの国有鉄道社各駅や支局から派遣されてきた同社社員たちとの入念な打ち合わせのもと、各部隊の指定日時ごとに、最寄り駅や、近隣演習地の軍用引き込み線から特別軍隊輸送列車に乗り込んだ。

幹部将校たちはともかく、下士兵卒は多くが客車ではなく貨車であった。

有蓋《ゆうがい》貨車ならまだいいほうで、無蓋《むがい》貨車を割り当てられた隊も多い。

客車であっても、作りが簡素なぶん多数が乗れる三等客車である。

オルクセンの鉄道は他国のものより造りが大きいが、それでも巨躯ばかりのオークたちが詰め込まれれば、たいへんだった。

通信隊や輜重《しちょう》隊のコボルトたちは必死に己の居場所を確保する。大隊以上に属するコボルト通信兵などは、幹部将校たちとともに客車へ乗せて貰える措置をとられることが多かった。

あちこちで罵りや愚痴、不平不満、ついでそれへの叱咤《しった》が飛ぶ。

軍馬、火砲、所有の各車両、行李などは貨車や平貨車に積み込まれる。

この積込作業は各部隊とその輜重隊が中心になって行われるが、鉄道駅配置となった別部隊の兵たちも動員された。

携行糧食や携行弾薬の定数分は携えていくものの、それ以上の補給物資は同乗しない。

ことオルクセン軍の場合、心配などしなくとも、それらは後から必ず追いついてくるか、とっくのむかしに現地展開されているのが常であった。

「ちくしょう、煤だらけになっちまった！」

「北か……北へ向かってるなぁ……」

「そういや冬季装備指定だったな」

「眠れねぇ……」

特別軍隊輸送列車は、極めて正確なダイヤグラムのもと移動を続け、ときおり給水や給炭のために駅に停車し、これを利用して小休止や大休止の機会が設けられた。

しかし彼らは急病など、よほどのことがない限り下車させてもらえない。

ホームに降り立って体を伸ばすといったことさえ許されず、車両上のその場で立ち上がり屈伸しろと命じられるくらいだ。

食事は、停車各駅の食料貯蔵庫を利用して、既に手早くそれらに専属で配された補給隊から支給される。軍隊パン、ありとあらゆるものを大鍋で煮込んだゆえに奇妙なほど味わい深く五臓六腑に染みわたる軍隊スープ、寒さ凌ぎの目的もあって供給された酒類。

軍馬にも飼葉や水が与えられた。

もよおすものがあれば、その場で立って尻をまくれ、前をだせと命じられることさえあった。

非情にも思えるこの光景は、長年にわたって鉄道による軍隊輸送を研究、実施、結果を反映させてきた参謀本部兵站局鉄道部に言わせるなら、絶対に必要な措置だった。

輸送中の部隊を目的地到着前に一度降ろしてしまうと、収拾がつかなくなる。

そこでまた乗車や兵員点呼といった作業が生じ、輸送動脈上の血栓となって滞ってしまう。

だから、兵たちは苦労を続ける――


オルクセン西部。ランゲンフェルト州。国境都市ヒューゲルベルク市近郊。

「班長。そこ、一〇ミリほど低いな」

「……本当だ。標尺もなく、見た目だけでよくわかるな」

「当たり前よぉ、こちとら何年やってると思ってんだ」

オルクセン国有鉄道社のまだ若い保線部技師フォークトは、まるで測量機能でも眼球に備えているのかと思いたくなる熟練線路工たちに舌を巻いていた。

四名一組となった保線工を横一列に並べ、タンピングと呼ばれる道床搗《つ》き固め作業。これを更に数組束ねた一班を監督しているところだった。

オルクセン軍の動員が鉄道輸送を主体とする以上、動員令が下されると、国有鉄道社もまた特別軍隊輸送に向けた準備に入る。

国軍参謀本部兵站局鉄道部から連絡を受けた国鉄は、輸送列車の手配、ダイヤグラムの検討を行いつつ、使用予定路線の膨大な保守点検作業を始めた。

むろん、現場の技師、末端の保線作業班などにはあくまで「演習のため」としか知らされていない。

この作業は深夜に実施される。

実態は広範であり、複雑であり、枚挙に暇がない。

例えば――

鉄道路線は、場所によって日常的な輸送量や地理的条件が異なっている。中身が異なれば、全て同じ施設や保守を持たせることは不可能であるし、経済的ではない。

そこでオルクセンの鉄道路線は、特別線、A線、B線、C線及び簡易線の五等級に区別してあった。

保守作業もまた、この五等級分類に則《のっと》って細部が異なる。

点検内容のひとつには、線路の高低が基準値からズレていないかというものがあるが、特別線及びA線では許容値七ミリ、B線では八ミリ、C線では九ミリまでといった具合だ。

このような「基準値」が、ありとあらゆる部分に定めてあった。

ひとつの路線でも、軌条間隔でいえば直線部と曲線部は同じにするわけにいかず、曲線ではスラックと呼ばれる余裕が持たせてある。脱線を防止するためだ。

継目にも気を使う。鉄道線路で最も弱い部分であるうえに、車両にも良い影響を与えないからだ。

温度差で生じる伸縮の影響が出る部分でもある。当然ながら、同じ等級だったとしても国土の北と南や、開豁地《かいかっち》であるか隧道《ずいどう》内であるか等で差があった。

枕木に用いられている材料も、場所や調達時期によって異なった。理想から言えばクリの木が良いのだが、なかなかこればかり調達できるわけでもなかったので、トウヒやヒバなども使われている。ちかごろでは防腐材を注入する技術も生まれていて、この有無も影響する——

こんな膨大な点検項目が、通常の平面軌条に加えて高低といった地形差、橋梁、船舶運航の可動橋、伏桶《ふせび》部、隧道、駅、分岐箇所、踏切、信号機と複雑に絡み合いながら横たわっているわけだ。

つまり、特別軍隊輸送を成し遂げるためには、想像もつかないほどの苦労が払われている。日常の運行についても同様であり、膨大な戦時動員ともなると尚更のことである。

一直線であるべき軌道間隔に狂いが生じている部分を、修正する作業。

軌条面の高さ修正。

タンピングと呼ばれる、道床を緊縮する作業。

どれもこれも、放置すれば振幅や振動を誘引し、鉄道車両の脱線事故を生じてしまう。

保守作業の大半を占めるのは、タンピングだ。

四名一組になった保線工たちが揃った動きで振り上げ、打ち下ろすのは、片側の先端が平たくなったツルハシの一種である。

枕木一本に対し、これを何十回と打ち下ろし、周囲の砕石を搗き固め、軌道の高さを調整する作業だ。

線路工たちは、調子を揃えるために歌を使う。

我らの鉄道　命の守り

力の限りで　打ち込め
我らの誇り　保線の魂
輸送の安全　打ち込め
我らの鉄道　ここにあり

線路工たちは、軍の略帽に似た国鉄の鍔《つば》付き制帽、デニムのオーバーオール、淡い青縞《あおしま》のシャツという姿だ。

まだ他国では、鉄道運転手や駅員、所謂《いわゆる》赤帽たちはともかく、作業夫は古着などをてんでんばらばらに着込んでいるから、先駆的だ。

星欧では、晩秋ともなると夜はかなり冷えた。

それでも彼らがシャツ姿なのは、夜間でさえ汗ばむほど過酷な労働だからである。当然ながら、作業班は力持ちのオーク族ばかりで構成されている。

ちかごろでは国鉄も随分と気を遣っていて、琺瑯《ほうろう》引きのポットやコーヒー豆くらいは用意してくれていた。

これに各自、ブリキの弁当箱に持参した夜食を摂る。

ただし、その休憩時間は明け方ちかくだ。

夜間しか作業できない以上、始発の運行開始までに全てを完了してしまわなければならない。

作業は一日の運行が全て終了してから実施されるが、万が一ということもある。確認漏れの回送列車の通過でもあれば、事故を生じかねない。雷管を利用した軌条敷設の重量感知式警笛装置が、作業現場の上下に仮設してあった。

この警笛装置も含め、ダイヤグラムを確認しつつ片付けまで済ませて、汽笛を鳴らす始発便が盛大な排煙を吹き出しながら進む姿を、安全確認のため片腕を水平に伸ばした揃った所作で見送る。大編成の貨物列車だった。

ようやく、食事だ。

もう、朝食と変わらない。

だが線路工たちには、密《ひそ》かな楽しみがあった。

作業用の角スコップを使い、これをまるで「オークの牙ほど」輝くまで磨いて、持参したヴルストや卵、ジャガイモといった食材を焼くのである。

運転手や給炭夫から教わり、広まった方法だった。彼らはそれを機関車の釜でやるが、線路工たちは焚火や軍払い下げの野戦釜を頼りにした。

「いい匂いだ。たまらなく美味そうな匂いがしてきたぞ」

フォークト相手に線路の高低を一目で見抜いてみせた熟練工が、腹の虫を誘ってやまない焼き音を立てるヴルストと目玉焼きに鼻をひくつかせ、さあ食ってやるぞ、食ってやるぞという様子で呻く。

「班長さん、あんたのぶんも焼いてやろうか」

「いいなあ、頼むよ」

ごくりと生唾を飲んだフォークトは、どっかりと彼らの側に座った。

線路工は、くっくと嬉しそうに笑う。

「いいな、とてもいいよ。班長。あんた、出世するぜ」

「なんだい、いきなり」

「大学出の技師さんたちの中には、俺たちのことを見下す奴も多いんだ。同じ現場にいながら、側に寄ろうともしない奴も珍しくない」

「…………」

「でも、あんたは違う。俺たちの目視も信じてくれた。きっと出世する。いや、ぜひ偉くなってくれ」

フォークトは、焚火に直焼きして温めたポットから各自のカップにコーヒーを淹《い》れてやった。挽いた豆から直接煮出しているから、上澄みを啜《すす》り、滓《かす》は捨てる飲み方をする。

若いフォークトは、耳に残った線路工たちの歌を思い出していた。

――我らの誇り、保線の魂。我らの鉄道、ここにあり。

そう。

オルクセンの鉄道は、彼らが支えているのだ。

「ところで、班長。始発列車の様子、見たかい？」

「……ああ――」

彼らは、ここ数日やけに作業を急がされることを疑問に思うようになっていた。

だが、その「答え」が朧気《おぼろげ》ながらフォークトにも理解できるような気がしてきたところだった。

今朝の始発は、有蓋貨車を中心に二二両という大編成だった。もうそんな列車ばかりを見ている。

「また、軍隊列車だったな」

「これで六本目だ」

「行先表示を見たかい？　みんな同じ行先を付けてやがる」

「……ああ。だが黙っておけよ」

「当然さ」


——オルクセン全土から北へ向かう、軍隊輸送列車では。

「なんだぁ、こりゃぁ……」

「おい。これって……」

「またた……おいおい、これ師団対抗なんて規模か？」

北へ——メルトメア州へ進めば進むほど、兵たちは事態の奇妙さに気づき始めた。

停車中や走行中の他の軍隊輸送列車に遭遇することが増え、ホームには野戦憲兵隊たちの姿を認めることが多くなり、大量に集められた輜重馬車がある駅、砲や、物資、そういったものが集積され膨大な数の天幕を張られた平野などを見かけるばかりとなり、その頻度は増し続ける一方であった。

ついにメルトメア州の国境部周辺へと到着したころには、軍隊の姿しか見ないといっていいほど濃密になった。

国境部五都市には巨大極まる兵站拠点駅が築かれており、輜重輸卒たちの手も借りながら、軍隊輸送列車が続々と兵や、兵器や、軍馬や、車両や、物品を吐き出し続けていた。

「…………戦争だ」

誰かが言った。

「ああ、戦争だ！」

他の誰かが同意した。

「こいつは戦争だ。本物の戦争だよ！」

「なんてこった！」

「エルフィンドか！」

「ついにあいつらとやり合うのか！」

「ちっきしょうめ！」

その罵《ののし》りに込められた感情は、当事者たちでさえひとことでは言い表せない。

興奮と、発奮と、狂喜と。恐怖と、畏怖と、憂慮と。

歓呼の雄叫《おたけ》びを上げる多くの者がいて、まだ見ぬ敵の姿を想像する者もいれば、ろくな別れも済ませられなかった家族の顔、声、立ち居振る舞いなどが浮かぶ者もいる。始まったばかりだった新妻との生活や、生まれたばかりの赤ん坊との将来、修められなかった学業を生きて帰り再開できるかどうか心配する者もいた。

動員部隊の殆どは、ここまで来て初めて、出征を祝う花や歓声、軍楽を贈られた。

流石にメルトメア州国境部各都市では事態を早々に気づいた市民たちばかりで、軍から布告された緘口令を守りつつ、自発的に、どうにか慎ましくしつつ、野戦憲兵隊の統制もうけながら、そんな動きがあったのだ。

北部に向けて六本も整備されていた複線鉄道網、更に兵站拠点となった各都市間を結ぶ支線を利用し、こうして動員展開されていく軍の総勢は、東西約二六〇キロの半島国境部に対し、オルクセン軍が投入できる一次的な動員兵力としては全力のものとなる約四六万八〇〇〇名。

数字で書くのは容易《たやす》い。

だがそこには、オーク、コボルト、大鷲、ダークエルフ。様々な種族があり、それぞれの生がある。

軍一筋でやってきた将軍。陸軍大学校を出たばかりの参謀。空に昇り天候をみてきた少佐。郵便局で魔術通信を扱っていた中尉。教師だった将校。軍のなかで努力を重ね兵から上り詰めた曹長。おっかない顔をした軍曹。その下で威張っているが実は心根の優しい伍長。ヴルスト屋の屋台を引いていた兵。博徒として街のちょっとした纏《まと》め役だった兵。染物屋を営んで家庭を支えていた兵。歓楽街の下働きだった兵。

兵器や、弾薬、軍馬、輜重馬車にさえ背景がある。

数年前までは鉄鉱石や木材だった野砲。鉄道職員によって積み込まれた山砲。熟練工によって仕上げられた砲弾。一つ一つ検品された銃弾。職工の手と円鋸《まるのこ》により厚さを揃えて切り出された木材により作られた木箱。海を渡ってきて育てられた軍馬。この戦役のあと農家の手に渡って何十年と大事にされた輜重馬車。

その膨大な何もかもが、統制され、制御され、練りに練られた混乱ともいうべき展開運動のなかで集結していく。

軍とは。

軍隊とは。

ある日突然何処かへと、魔法のように出現するものではない。断じてそうではない。


――一〇月二〇日。侵攻開始六日前。

オルクセン国王グスタフ・ファルケンハインもまた、移動を始めた。

既にこの前日、一足先にアンファングリア旅団は動員移動の出発を終えている。彼女たちはまず夜半も用いて首都演習場へと移駐し、同地の軍用引込線から出征していた。

それでもこのときなお、国王官邸では毎朝、衛兵交代式は継承されていたし、正面玄関前には一個小隊、裏門には二名のダークエルフ族の兵が立哨《りっしょう》を続けている。

偽装である。

これは戦時動員されたアンファングリアの予備兵力から抽出した騎兵中隊の手によるものだった。

グスタフの移動もまた、巧妙に手の込まれたものになった。

彼はまず官邸裏門から無紋の馬車に巨狼アドヴィンや副官のダンヴィッツ少佐とともに平服で乗り、農務省裏の停車場でどうということのない中級馬車にさっと乗り換え、やはり首都演習場へと向かって、そこの庁舎で軍服に着替え、南側引込線に入った特別編成の専用列車で北へと出発した。

「王。我が王」

「どうした、ダンヴィッツ」

「その、どう考えてみましても。農務省での乗り換えまで必要だったのかどうか、私には疑問です……」

「ふむ。わからんか？」

「はい？」

「面白いからやったのだ」

唖然とするダンヴィッツへと、グスタフは片目を瞑《つむ》ってみせた。

グスタフのいささか児戯めいた上機嫌ぶりは、理由のあることだった。


――この前日。

彼は、首都ヴィルトシュヴァイン大学の学長シュタインメッツの参内を受けた。

シュタインメッツは一線こそ退いているが予備役陸軍大将の肩書も有しており、軍での地位はゼーベック、シュヴェーリン、ツィーテンなどに次ぐものだった。特任の閣僚格として数年前より学長の任に就いている。

性格はオーク族の軍出身者らしく、義侠心に富み、愚直にも似て、気骨に溢《あふ》れる。

この牡《おとこ》曰く――

昨今、学内では対エルフィンド強硬論が喧《かまびす》しい。

とくに七名の教授が中心となって演説会なども開き、若い学生を扇動、更にその対象を強硬派の新聞雑誌や市井にも広めようとしている。

このままでは、他国との協調外交を重視する国王への反発ともなりかねない空気である。

「ゼーベックとも会いましたが……陛下の御心に従い、軍の方針は軍に任せろの一点張りであります。この際、陛下におかれましても一大決心を御決意いただき、エルフィンドを誅《ちゅう》されては如何《いかが》でありましょうか」

「…………」

「不肖私も、たとえ一兵士となりましても現役に復し、我が王の尖兵《せんぺい》となり、豊穣の大地に骨を埋める覚悟でございますゆえ……」

「……そうか」

グスタフはこの老臣の忠節を心から好ましく思いつつ、まずは教授連や学生たちには学業に専念すべしと布告を出すよう命じて帰し、そして深く安堵した。

シュタインメッツほどの者が、既にオルクセンという国家の中枢が対エルフィンド戦争を決意し、揺るぎない覚悟を固め、軍の動員を開始していることに気づいていない。

――機密保持は上手く運んでいる！

この安堵であった。

かくしてグスタフが乗り込んだ特別専用列車は、八両編成。

オルクセン国有鉄道《オルクス・バーン》の、星欧他国より幅の広い一五二四ミリの軌間がもたらす性能をいっぱいに生かした、グスタフ専用の車両だ。

展望車、国王寝台車、食堂車、護衛車両、魔術通信車、随行員食堂車、随行員用車両、随行員用寝台車。そんなもので構成されており、これを急行旅客用にモアビト・キルヒ社が製作した、軸配置四－四－〇の、OB八号型機関車で牽引する。機関車は同社製造のものの中から技術者たち選りすぐりの工作精度のよいもので、倍近く車両を曳いたとしても最高時速九五キロメートルを誇る。

「センチュリースター号」といった。

なぜそのような、新大陸にあって内戦をきっかけに南北に分かれてしまった国の名をつけたのかは、命名者であるグスタフにしかわからない。

諸外国の貴賓を迎える場合もあったので、グスタフの持ち物としては例外的に豪奢であった。

展望車にはピアノがあり、図書棚があり、寝台車には急カーブでも湯のこぼれぬように設計された大理石作りの浴室がある。

専属のコックの腕は折り紙つき。各車両には蒸気ラジエーターを利用した暖房と、刻印式魔術を惜しげもなく使った冷房があった。

普段は、グスタフが国内各地への行幸を必要とした場合に使用されていた。

ずっとあとの時代になって、国王専用列車には防弾装甲が施してあったのだという話がまことしやかに流れた。これは編成重量計算が異様に重かったという事実によるものだが、実は防弾設備などではなく、寝台車に設計されたオーク族向けの大理石造りの浴室が重かったためである――

出発のとき、警護車には戦役中におけるグスタフ王の護衛となるべく、ディネルース・アンダリエルが手選《てよ》りに篩《ふるい》にかけた二六名のダークエルフ兵が乗り込んでいた。

グスタフが、司令部には哨兵もいるのだから構わん構わん、などと、彼自身の出征に対してまるで護衛を連れていく気がないことを知ったとき、直接諫《いさ》めても翻意などはしないだろうから、ディネルースが搦《から》め手に国軍参謀本部や国王官邸副官部と謀《はか》ってそのように手配した。

それはアンファングリア旅団のなかから選抜されたというよりも、あのシルヴァン川脱出行に際して最後まで彼女と一緒に戦った約一二〇〇名のなかから選ばれた、拳銃射撃の腕もよく、魔術通信にも優れた兵たちだ。

腰に吊った一〇・六ミリ弾将校用拳銃を使って、二〇歩先のトランプの絵柄さえ撃ちぬけるほど腕が立つ。

彼女たちはグスタフ王にというより、ディネルースへの忠誠心が厚く、邪な意思を持つ者が王に近づくようなことがあれば躊躇《ためら》いなくこれを射殺し、また同時にグスタフへと覆いかぶさって盾となる技量も意思もあれば、訓練も済ませていた。

八名三交代で二四時間絶え間なく護衛につく兵と、下士官、統率の将校一名で構成されている。

グスタフが宿舎寝室で眠る間でさえ、その扉外に最低二名は配置につくよう、厳命されていた。

ただ、ディネルースはこれらの兵の手配を終え、なにがどうあっても今回ばかりは護衛をつけさせてもらう、そうグスタフに申し渡したとき、やや声を低くし、

「貴方にそのような心配はないとわかってはいるが、一応言っておくことがある――」

「うん？」

「この者たちは、もし貴方が更に私的な部分にまで側におこうとしたら、自ら舌を噛み切るほど私への義理立てや忠誠が厚い。それにもし、そんなおいたをしたら――」

「…………」

「誰よりもまず、私が貴方を八つ裂きにして殺す」

「…………」

「逃げても、地獄の果てまで追い詰める」

「…………」

「たとえ便所に隠れていても息の根を止めてやる。いいな？」

「…………わかった」

特別警護班は、言ってみれば、ディネルースとダークエルフ族全体からの、グスタフ王への今までの返礼であり献上であって、自ら発露させた忠誠の表れのようなものだった。ただ、その「献上」の意味するところを誤解するなと付け加えることを忘れなかったのだ。

まったくもって今更のことだが、ディネルースにはそんな苛烈極まりないところが多分にあった。彼女自身でさえ自覚もあるのだが、どうにもならないらしい。

グスタフのほうは、うん、世話焼き癇癪《かんしゃく》持ちの女房の尻に敷かれるのも悪くはないな、そんな自惚《うぬぼ》れともいうべき感想をひっそりと抱いた。

センチュリースター号は、意図的に見送りもなく、静かに、極秘のうちに発車した。

この出発前、グスタフは内務大臣ローンに内政を、外務大臣ビューローに外交を託し、とくに後者とは入念な打ち合わせを済ませている。

開戦当日の侵攻開始予定時刻二時間前になって、外交上の宣戦布告をエルフィンドへと仲介手交するよう、外務省在キャメロット駐箚公使エッカルトシュタインを働かせることにしたのだ。依頼のためと、間違いの起こらぬよう、キャメロットには特使も送る。

この処置の決定に至るまでには、やや紆余《うよ》曲折があった。

宣戦布告を行いたいという王の意思に対し、当初、国軍参謀本部は強く反対した。

こんにちの戦争においては、まだこれを定めた国際法は無く、宣戦布告の手交は必須ではないとされていたからだ。

それはあくまで二星紀ほどの前からの慣例で行われているにすぎず、むしろ国際法学者たちのなかでさえ、戦争の奇襲効果を減じさせる有害なものと見なす者さえいた。

通常は最後通牒を行っておけば問題はないとされていたうえ、ましてやオルクセンとエルフィンドの場合、元より国交がない。エルフィンド外交書簡事件の外交書簡を、先方の最後通牒的書簡だと主張する手筈《てはず》にもなっていた。

参謀本部次長グレーベン少将などは、せっかく奇襲による開戦を準備しながら、なぜそんな真似をするのかと憤慨にちかい感情をぶちまけた。

「いいか、グレーベン」

そのとき、グスタフは静かに己の考えを開陳した。

「宣戦布告は、言ってみれば決闘の果たし状であり、白手袋を投げつける行為だ。軍や国際法学者たちの意見もあろうが、これを為さずに攻め込むのは騎士道精神に悖《もと》るとみる者もまた多いのだ」

「…………」

「それにだ。これから二星紀、三星紀とたったとき、オルクセンが宣戦布告なくエルフィンドに侵攻したとあっては、その事実のみが歴史書に記され続けるのだぞ」

「…………」

「そのような時代に、宣戦布告が必須のものとなっていてみろ。後代の者たちは我らをどう思うか」

「…………」

「いかな仇敵、いかな宿敵といえども。いかなる詳細背景があろうとも。宣戦布告なく攻め込んだとあっては、我がオルクセンが末世まで恥をさらすことになるのだ。――頼む、わかってくれ」

しかも、だ。

自ら外交というものに携わっていたグスタフには、ある確信があった。

たとえ宣戦布告を手交したとしても、たった二時間ではエルフィンド国内全土には伝わりきるまい、という確信だ。

確かに、エルフィンドには魔術通信がある。

だが、外交官が何らかの交渉をするなり、外交文書を手交する場を設けるなりした場合、どこの国でも本題以外に、情報交換や儀礼のための雑談というものを行う。

これがオルクセンの駐箚公使による直接手交なら、ただちにその場から退去、公使館を引き払って国外退去へ、などという流れになるが、今回の場合、手交を行うのはキャメロットの公使だ。

それもエルフィンドにとって事実上、唯一の外交相手である国からのもの。

エルフィンドの外交当事者は当然ながら情報や助言を欲し、なおのこと雑談を行いたがるだろう。

通常これは、たっぷり一時間はある。

宣戦布告に関わるものというなら、もっとかかるかもしれない。

最大で残り一時間。

そこからエルフィンド政府が関係各所に至急報を発するには、電信にしろ魔術通信にしろ、暗号文を起草したり送付先を呼び出したりといった必要煩事が絡んでくる。

つまり、たった一時間で、いったいどのような軍事的準備が行えるというのか。

オルクセン側としては、たとえあとになって相手国がどのように言い募ろうと、手交さえ済ませてしまっていればそれでいい。

「では、二時間前ではなく一時間前の手交では？」

「それはいかん。何らかの手違いにより交付が遅れる場合も考えられるうえに――」

雑談が、交渉前に行われることもあるのだ。

弱ったことに、たいへんによくあることだった。

時候の挨拶や、ご機嫌伺い。互いの健康への気遣い。そんなものの流れで、そのまま雑談となることはままあることなのだ。

「つまり、二時間でちょうどいい。どうだ？　納得できたか？」

「はい、我が王」

グレーベンなどは、王の深謀深慮に恐懼《きょうく》した。

そして、グスタフはさらなる保険もかけておくことにした。

宣戦布告手交の予定と同時刻、在オルクセン各国公使をビューローに呼び出させ、オルクセンとエルフィンドが戦争状態に陥ったことを宣言させる。当然、エルフィンド外交書簡事件についても発表する。

何らかの手違いで宣戦布告手交が遅れた場合や、あるいはキャメロット外務省がそもそも仲介手交を拒絶した場合に備えてのことだった。そうなっては止むを得ない、この宣言をもって代用する——

「お、ダンヴィッツ」

「はい、陛下」

「この先で停車予定の駅で売っている郷土菓子は、なかなかのものらしいぞ。たっぷりと卵を練り込んだチーズケーキ《アイアーシエッケ》。ガイドにそう書いてある」

「買いに行ってまいります」

「うん。護衛の者たちのぶんも忘れずにな」

「……我が王。妙な誤解を受けて、アンダリエル少将の怒りを買いませんか？」

「…………流石に大丈夫だろう。単なる気遣いだぞ？　大丈夫だと思う。いや……確証は持てないが。

うん、外交などよりよほどタチが悪いな」

——一〇月二二日。侵攻開始四日前。

メルトメア州ラピアカプツェ。

既に、平時においてこの地の軍を担う北部軍司令部は、彼らを中心とした戦時編成の第三軍司令部へと改編され、出発している。

その跡を譲りうけるかたちで、白銀作戦の後方兵站総監部は設けられていた。

作戦全般における、主に本土から野戦軍への補給を統制し、更に軍から後方への負傷者や故障兵器の後送なども統括する、兵站組織上の最高司令部である。

国軍参謀本部兵站局がそのまま横滑りするかたちで人員配置されていた。

つまり兵站総監は、国軍参謀本部兵站局長だったあのドワーフ族のギリム・カイト少将だ。

こと兵站の実働に関する限り、シュヴェーリン上級大将や、果てはグスタフ国王でさえ、彼の差配統制下にぶら下がることになる。

表向きはともかく、制度としての実態上はそうなった。

オルクセン国軍における兵站総監とは、それほどの役割と権限を担う。

グレーベンなどの言うところの「軍の後ろに兵站があるのではない、兵站の先に軍があるのだ」とは、そういうことなのだ。

カイト少将は動員初日からここまでの動きに満足していた。

多忙、繁忙、忙殺の極みであり、パンの添え物として好むところのガチョウのラード《シュマルツ》を塗る間も無かったが。

兵站拠点駅への事前集積も、兵力動員展開も、本土にあって既に準備段階から実働に入りつつある常続的な補給品の追送も、非常に上手く運んでいたからだ。

元々彼は、軍隊における鉄道利用研究の専門家だった。

片腕といってもいい存在だった兵站局鉄道部長ヴァレステレーベン大佐が少将へと昇進し、カイトのあとを埋めるため第一軍兵站参謀の肩書で大本営へ取られてしまったのは痛かったが、他の部下たちも充分に信頼を寄せることができた。

また、カイト自身も、非常に有能な存在だった。

ディネルース・アンダリエル以下ダークエルフ族などとは多少ぎくしゃくもしていたが、こと兵站に関しては、たとえ相手が誰であろうと万全を期す、そんな牡《おとこ》であった。

約二〇年前から研究が行われてきたオルクセン軍における鉄道の軍隊輸送において、カイトが果たした役割でもっとも大きなものは、ダイヤグラムの徹底利用だ。

鉄道の路線別、編成別及び時系列別に記され、文字通りダイヤが多数描かれたように見える図線が引かれ、関係者なら誰が見てもひと目で鉄道車両の動きがわかる、一種のグラフ状の管理図である。

この仕組みを生み出したのはオルクセン国有鉄道社だったが、カイトはこれを軍に取り込み、更には規則令下における運用と通信体制の構築による全体共有を組み合わせた。

前線からの要求等を練り込み、前夜九時までに組み上げられた翌日のダイヤグラムを、電信、魔術通信で兵站総監部と路線全駅が共有。

車両運行は、この厳密な予定計画に従って進行する。

区間ごとに統制された信号機や、交換機も同様である。

実際に動くことになる各編成列車には、鉄道における通行手形とも称すべき通標を利用させる。

前線から特別格段の要望があったとしても、対応するのは翌日以降。それまでは末端兵站駅に蓄積した事前集積の糧秣《りょうまつ》、弾薬等から繰り出す。

やや硬直性のあるようにも思える仕組みだったが——

これを守っている限り、おおよそ運航上の事故や不測の事態は激減した。

下手に前線要望を当日のうちに叶えようと特別編成列車をねじ込めば、これが兵站動脈上の血栓となり、却って効率は落ちる。

そこまで考えられ、過去検証もされ、実践に移された体制だった。

もちろん、カイトは兵站総監であったから、鉄道輸送だけを統制しているわけではなかった。オルクセン軍における「兵站」とは、単なる補給活動のみを意味しないからだ。補給も輸送もほんの一部でしかない。

「動脈」だけでなく「静脈」の役割まである。

陸軍省への調達要求、野戦軍への補給全般、傷病者及び傷病馬並びに故障兵器などの還送、兵站拠点駅や野戦病院など後方施設の確保並びに建設と管理、魔術通信及び電信線を含む連絡線の防禦、これらに要する膨大な会計――

各軍の兵站監に委ねる部分もあるが、最終的には全てが彼の統制下にあった。

これにも、過去積み重ねられてきたオルクセン軍の経験値が物を言った。

カイトに言わせるなら、最大の要点は「送り込み過ぎないこと」。

それを考えなしに実行すれば、鉄道から拠点駅、拠点駅から輜重馬車《しちょうばしゃ》、輜重馬車から末端拠点、末端拠点から前線といった、流れのなかの動作変換点で、あっという間に動脈上の血栓が生じる。

「荷役。要は荷役なのだ。送り込むだけなら誰でもやれる。儂《わし》以外でもな。荷を捌《さば》き、送り届けられなければ意味がないのだ」

それらの箇所は、元々その存在自体が、言ってみれば細く括《くび》れたように狭くなっているのだ。

送り込むばかりで動脈が詰まってしまえば、崩壊まっしぐら。

これを防ぐには、要望要求、在庫管理、繰り出し補充、それが実施されたかどうかといった情報の共有が、どれほど煩雑に思えても必要不可欠であった。

オルクセン軍において兵站を構成する要素に、野戦軍と本土間の通信線及び連絡線の維持、防御、管理まで含まれている所以である。

むろん、計画だけが優れていても意味がない。

物品の管理整頓や荷役とは、これ即ち膨大な実作業でもある。

このため、白銀作戦の初期段階でこそ軍の輸卒を用いるものの、開戦と同時に国民義勇兵を中心に徴募される計画になっている補助輸卒の予定数は、第一期でさえ一〇万名を超える。

この戦役においては、新たに誕生した技術がこの膨大な作業をおおいに助けてもいた。

――刻印魔術式物品管理法だ。

あの師団対抗演習直後に、第七擲弾兵師団補給隊の一下士官から提出された提案書により始まった仕組みを、今回の戦役に利用するにあたってカイトが成した、たいへん賢明な判断がある。

煩雑化しなかったのだ。

単純に、単純に、なるべくそのように組み上げたのである。

その概要はこうだ。

オルクセン軍において、もっとも膨大な輸送量であり、もっとも保存性が低いものは何か。

生鮮食料品と、軍馬用の飼葉類である。この生鮮物の管理がやりやすくなれば、それで良しとしたのだ。

元々の提案書は、武器弾薬、医療品、飼葉を含む生鮮食料品、乾燥食料品、その他軍需品の大別五つに対し、刻印魔術の影響に一定期間下おかれた物品には魔術上の残滓《ざんし》が残るという現象を利用して区分けのつく刻印魔術を仕掛け、軍の魔術兵と組み合わせ、管理統制しようというものだ。

なるほど、便利ではある。おそらく実現できれば、社会をまるごと変革してしまうほどの効果があるだろう。

だがカイトは、現段階で全面的に採用するのは危険だと判断した。

いきなり全てを実現するには、研究も経験値の蓄積も、技術的熟成も足りない。何度か実際の兵站拠点駅で実験し、そう判断した。

だから生鮮食料と飼葉類だけ管理できればよい、としたのだ。

まず、輸送にあたるオルクセン国有鉄道の鉄道貨車車体には元々存在した、行先管理用の金属板とその架枠、そして通風用の小さな格子枠に彼は注目した。

行先管理板の部材を利用し、その架枠を全車両の通風枠の上から溶接。大きさを同じくして製作した冷却及び送風系の複合刻印魔術式の金属板をはめ込む。

これは実務上においても車内を冷却してくれる役割も果たす。

積み込むのは当然、統一規格木箱か麻袋に収まった生鮮食料品か、圧縮して固められた飼葉類だ。これらの物品は、輸送中に魔術残滓を蓄えることにもなる。

兵站駅に到着すれば、金属板そのものの魔術波放出による感知か、金属板の存在による視認により、輜重輸卒や補助輸卒たちはこれを優先して荷下ろしし、専用倉庫へと運び込む。

食料箱と圧縮飼葉類は見た目が完全に異なるから、魔術上の区別まで施しておく必要はない。そうして兵站倉庫に収められた物品は、保管積み立てによる整理整頓と帳簿、魔術残滓量の低下による管理を受け、消費期限の来る前に、古いものから優先して輜重馬車で送り出される。

車両に取り付けられた金属板は、車両後送地でそのまま同じ物品類を積み込むのに使うか、別分類の弾薬等を運ぶ場合には回収、付け替える規則にした。

単純明快。

それでも、いままで木箱そのものに対する書き込みの視認と、管理上の整理整頓と、書類による記録だけで区別をつけてきたことを思うなら、大助かりだった。

副次効果もあった。

兵站拠点駅や、あるいは将来的にこれを前進させた場合、荷下ろしが間に合わず、切り離された鉄道貨車が累積していく事態が想定される。

その場合、車両本体に取り付けられた金属板が、ある程度の期間までなら、食料や飼葉の腐敗と、これによる投棄を防いでくれることになる。

貨車そのものが保管庫に変貌すると言ってもいい。

――既存技術及び経験値と、新技術の組み合わせにとどめ、堅実性を確保する。

これがカイトのとった方針だった。

極めて賢明であると言えた。

彼曰く「兵站とは、組織の力による国力の発揮」なのである――


このような用意周到極まりないオルクセン軍の兵站運用を、歯噛みするほど実感していた部隊がある。

アンファングリア旅団だ。

第一軍の所属となった彼女たちは、北部メルトメア州の各兵站拠点駅のうち、その最東部にあたるアーンバンドに降り立ち、侵攻開始直前までの宿営地となる指定地点への前進を始めていたが――

こと、この兵力展開運動中に限るなら、あの鉄道機動中のように、彼女たちは自部隊の輜重隊を使う必要がまるでなかった。

まずその端緒は、軍司令部から指定の行軍路を進む、というかたちで始まった。

ディネルース・アンダリエル以下旅団幹部は、行軍一覧表と呼ばれる書類を作成し、指揮及び兵站上の差配下に置かれることになった第一軍第一軍団司令部へと提出させられている。

どのような部隊順序で進み、行軍行程中の目標となる地点の到達予定はいつか、宿泊予定はどの箇所と、非常に細かな点まで軍団参謀と打ち合わせのうえ、その多くを指定されるかたちで取り決めた。

「数縦隊をもってする行軍は、軍隊を愛惜し、その良好準備をたらしめるものとす」

「以て先遣将校をして、これを準備せしめ、軍隊をして充分にこれを利用し得しむるを要す」

オルクセン国軍参謀本部が過去繰り返した検証によれば、輜重段列追従や大休止地点確保、前後部隊の適切な行軍間隔の観点から見て、一つの街道を同時に進むことが可能なのは約二個師団――つまり一個軍団までで、それが限界値に近い。

仮に、騎兵、砲兵、輜重隊まで伴ったオルクセン陸軍一個軍団全てが一列の縦隊を形成したとき、その行軍最先頭から最後尾までは約三〇キロメートルにも及んでしまうことを思えば、至極当然のことだ。輜重隊を伴わない場合でさえ約二〇キロ、これは軍隊にとって一日の行軍距離にほぼ等しい。

このため、侵攻発起点までの前進に運動には、その使用街道を各部隊に指定することは絶対に必要な手順だった。

作戦初動部隊の、アーバンドから国境部最終集結地点約一〇キロへの前進には、二本の街道が使われた。

そのうち一本を指定されたアンファングリア旅団は、数々の驚嘆に遭遇している。

まず、古びたものだったはずのこの地方の街道は、既に先行していた工兵隊により補修を施されていた。

狭き箇所は拡幅され、窪んだ地面は均《なら》され、小川の橋梁などには補強まで開始されている最中であった。

平野部などを利用して、拡幅が非常に幅広くなされている箇所があり、これは何かといえば輜重馬車の休憩箇所だった。

輜重馬車隊は、先を急ぐからといって無暗矢鱈《やたら》に進めばよいというわけではない。

馭者の集中力。軍馬の体力。兵の行軍と同様に、適時定められた時間的及び距離的間隔で休止をとるほうが効率のよいことは過去の検証でわかっていた。

だが何らの事前考慮なく街道上で各馬車の判断によりこれを行うと、後続車や他部隊の行動を阻害する。

だから専属の休憩場所が設けられていた。

場所が確保できない場合は、道幅の大きな箇所を指定する。

これらの地点は同時に、輜重馬車隊が往復運動を行う際、行き違い困難となった場合の交差待機場所でもあった。

このような場所や交差点には、野戦憲兵隊が配されている。

彼らは専属的に配置されたもので、仮に上部部隊といえども故なく別任務にこれを動かしてはならないとされている。

これもまたオルクセン軍に言わせるなら、絶対に必要な措置だった。交通の整理は渋滞を防止し、解消し、つまりは行軍行動も兵站行動も円滑たらしめる重要手段の一つ。そう考えられている。

むろん、行軍部隊そのものの休止や大休止用箇所もあった。

「大休止の地点は常に、水を得るに便なるを要す」

これには、街道上の村落を中心に指定されていた。

星欧の村落、都市などは殆どの場合、水源は飲用水が確保できる場所に発展している。

これは考えてみると当然のことで、寄り集まって住まうのに飲料水が確保できそうにない場所に村や町がつくられることは、そうせざるを得ない余程の理由がある場合ばかりで、例は少なかった。

多くの村落や町は、中心部や集まりごとに噴水なり水飲み場なり、井戸といったものがある広場になっており、これが同時に馬や馬車のための円周円形路になっている――そんな作りが多かった。

行軍中、ここに木樋を使った軍馬用の給水場が既に出来上がっていた。

飼葉の類の集積も。

では兵のほうはどうするのかといえば、既に軍輜重隊の野戦調理馬車隊が進出するか、野戦釜が築かれていた。製パン中隊や精肉隊もいる。

大部隊ばかりが通過するので、そんな休止場所は村外まで広がっていた。

水源から離れることになるそのような場所で水はどうするのかと思えば、オルクセン軍はこの戦役に際し、国軍規格型二〇リットル輸送缶というものと、一〇リットル汎用飲料水缶と呼ばれるものを投入していた。星欧の各国軍があれほど愛していた、従来使われていた木樽は、酒類やバター、酢漬けの類の輸送以外にはもうオルクセン軍では見なくなっていた。

前者は寸詰まった三角柱を横に寝かせたような形状をしていて、ネジ式の、完全に取り払えてしまう蓋がある。本体上縁付近に、医者の鞄や旅行鞄のような恰好で柄もついている。ブリキ製だった。

後者は、ちょっと酪農業の使う牛乳缶に似ていた。

あのような形状で、上部には片留め開閉式で留め金つきの蓋がある。ただし円柱ではなく、角だけが丸まった、四角柱にちかい。こちらはアルミニウム製。

もともとは輜重馬車に備え付けられていた装備を、大量生産に踏み切ったものだった。こちらは基本的には飲料水用だが、汎用というだけあって液体のものにならなんでも使えたし、密閉性があるので、本来は別容器があるコーヒー豆を保管しておくなどという流用技まであった。

三角柱と四角柱を基本形としていたのは、輜重馬車に大量に積み込んで輸送することを前提にしていたからである。

木樽のような形状はそれ自体を転がすことができ、容量もあり、便利ではあったが、他方、馬車での運搬は行いにくい。

形状が形状のうえ、それ自体に重量があるからだ。

多少分厚く製造しても軽量のブリキやアルミニウムで形成してしまえば、運搬も必要量計算もたいへん楽であった。

おもにこの両者を使って、兵馬の飲料水や調理用水が運ばれていた。

また、まだ数は少なかったが、軽輜重馬車の車体架台を利用して製作された、七五〇リットル水槽車などという代物まであった。

文字通り、それだけの飲料水を一度に運搬できてしまう車両だ。金属製。腐食を防ぐための加工がしてある。これは非常に精巧にできていて、車体横に手動式の組み上げポンプを収める棚がついていて、車体後部には直接に水を捻《ひね》りだせる蛇口まであった。

むろん、輜重馬車による補給隊は糧食や飼葉の輸送にも活躍していた。

前進運動の終末点にして宿営地となる、戸数四〇戸、住民数六〇〇名ほどの小さな村に到着したときには、その村外にある平野部に、約三〇〇両ちかくという膨大な量の輜重馬車が、車体だけになって集められていた。

それは頭位置などを揃えられた、整然とした横列を成して停車されており、各列と各列の間には車体の縦幅約二台分の間隔が用意されていた。

初めは予備輜重馬車の集積地かとさえ思った。

ところがこの車体のなかには、ある列は飼葉、ある列は木箱に収まった糧食といった具合に、補給品が荷台の幌にまもられて積載されたままだった。

その車列と車列との間を利用して、可搬式の飼葉供台が用意されて、軍馬には餌を与えることが出来る。またある列はそのまま野戦厩舎の飼葉庫となっている。またある車列のちかくには、兵たちへの配食が行えるよう、天幕を張った野戦調理場があった。

感服したのは、この輜重馬車体は到着の時系列に並べられており、期限が迫っていく古いものから消費されたことだ。

そうして中身の空になった車体は、補充のため輸送にきた輜重馬車の輓馬が付け替えられて、復行していく。

オルクセンの輜重馬車は、最初からこのような、言ってみれば野外における臨時倉庫としての役割を果たすことが出来るよう、輓馬《ばんば》の切り離しと付け替えが容易なように設計されていた。

車体側の牽引棒と、馬側の頸圏《けいけん》式輓馬具とが、そのように出来ていた。器具と操作方法はどの車体で行っても大丈夫なよう、例えば鎖の大きさなどが統一されている。

このような真似をして、輜重馬車が足りなくなるのではないかと思ったが、各軍団、各軍はそれぞれ直轄の輜重隊を持っているうえに、なんと兵站拠点駅五箇所には三個軍に対し総じて四〇〇〇両という予備車両まで集積していた。これは戦役が進み不足をきたすような事態あらば、更に本国より補充するつもりだともいう。

舌を巻くしかない。

注目すべきは。

このような行軍及び後方支援を実施するにあたり、オルクセン軍が高級指揮官教令に定めていた次の事項である。

「軍用地図使用を全幅頼りきらず、指揮官将校実際実景の地形をこれよく感得し、以て円滑たらしめんとす」

あれほど地図や兵要地誌を愛する軍隊が、実際に行軍し、水源を確保し、大休止や休止を行う際には、指揮官自ら現実の地形を見て対処することを怠るな、というのだ。それが先遣将校の役割だと。

「なんとまぁ……」

旅団参謀長のイアヴァスリル・アイナリンド中佐が、やや呆れ気味に驚嘆した。

「わかってはいたつもりなのですが。いったい、なんという軍隊なんですかね、これは」

「お前もそう思うか、ヴァスリー」

応じるディネルースもまた、感嘆しつつも、笑う気にはなれない。

旅団司令部はこの村で、軍教令でいうところの「舎営」というかたちで宿泊することになっている。軍が接収した、あるいは協力してくれる村民提供の建物のなかで眠る、という意味だ。

「村落露営」という分類の連中もいる。村のなかで軒下や壁際なども利用させてもらって寝る。更に村外で天幕を張って完全な「露営」を行う者たちが、いちばん頭数が多い。

付け加えて述べれば、アンファングリアは部隊規模が大きいため、後方まで露営箇所は分散、伸びている。旅団はこの位置で待機して、侵攻開始のその日、侵攻発起点まで前進することになっていた。

旅団司令部総員で野戦厩舎に馬をつなぎ、軍隊パンを摂り、ヴルストから野菜から何もかもを一緒くたに煮込んだスープを啜る。

──美味い。臓腑に染み渡るようだ。

岩塩とキャラウェイで仕立てたもので、塩気と野菜の甘みの混交はもちろんのこと、香りまでがよい。

きらきらと輝くように無数に浮かぶ脂が、見た目にまで滋養を感じさせる。

一〇月も下旬のこのあたりとなれば、夜が近づけば気温は一〇度ほどになる。薄寒さがあった。給仕された食に、質、量ともにやや多さを感じるのは気のせいではなかった。

「冬季にありては豊富なる滋養給養によりて、兵馬ともに抵抗力大ならしめるを要す」

用意周到。準備万端。遺漏皆無。

これが本物の軍隊だというのなら、エルフィンドの軍制はいったい何だったのか、そのような、内心奥底の澱のようなものがある。

むろんエルフィンド軍にもオルクセン軍が行っているような真似の一部はあった。だがそれは彼らのように組織立って系統化されたものではなく、どこか個別の経験値に頼るような、いまでは児戯だったように思える部分を引きずっていた。

一二〇年前は、少なくともそうとは感じなかった。まるでそうではなかった。

あの凄惨な虐殺がなく、そのままエルフィンドの民でいて、オルクセンの侵攻その日を迎えていたらと思うと、ぞっとしてしまう。

――まあ、それはいい。

いまや我らはオルクセンの民。

頼もしい限りだ。

部隊に対する特別の配慮もあった。

アーンバンド出発前に、こればかりは樽に詰められて、アンファウグリア旅団にはあるものが届けられていた。

いったいどうやって製法を調べたというのか、白岩を細かく砕いて更に砂状にふるいにかけ、これにアンゼリカ草などの精油類を混ぜ込んで粘土状にした顔料が送られてきたのだ。あとは少量の水を入れのばせば使える。

――ダークエルフ族の使う、戦化粧用顔料。

発送元は、グスタフ名になっていた。

言ってみれば、旅団全てに対する下賜品だった。とてもエルフィンドから持ち出す余裕などなく、既に尽きて久しかったから、旅団総員が狂喜したものだ。

まったくあの王と我が国には参る、ディネルースなどはそのように思っている。

「結局、最終的にはどれくらい届いた、ヴァスリー?」

「リアの報告によれば、輜重馬車二台分にいっぱいです。まぁ、消費量はたかが知れておりますので」

イアヴァスリルはちょっと考え込み、告げた。

「そう、半年や一年は、存分に暴れて御覧に頂けますな」

第六章

白銀は招く

——一〇月二六日、午前四時〇〇分。侵攻開始一四時間前。

最初に動き始めたのは、海軍だった。

深夜午前二時ごろから、各艦が本格的に罐《かま》に火を入れ、汽醸運転と呼ばれる作業を始めた。

蒸気機関の艦船は、罐に火を入れたからといって直ちには進めない。蒸気圧を高めてやり、これが規定の数値まで達したところで、初めてスクリューを動かすことができる。

空が白みはじめた、午前七時五〇分。

「出港準備、前部員錨鎖《びょうさ》詰め方。艦内警戒閉鎖」

艦橋、機関室、甲板など艦内各部に乗組員が配置につき、揚錨機《ようびょうき》が唸《うな》り、かたんことんと錨鎖が巻き上げられていく。

艦長たちが艦橋見張台から身を乗り出すように確認するなか、

「主錨、近錨」

前部の伝令が白の手旗を振った。錨鎖が水深分だけとなり、艦首が錨の直上に来たということだ。

「旗艦より旗旒信号、一斉抜錨!」

「出港用意、錨上げ!」

「出港よーい!」

立錨《たちいかり》。錨が海底から起き上がった状態に。赤い手旗が振られる。

起錨《おきいかり》。錨が直立し、海底を離れた状態。青い手旗。

正錨《まさいかり》。ついに錨が水面上に揚がってきた。錨鎖も絡んでいない。白、赤、青、三本の手旗。

ポンプとホースを使って、錨の洗浄を行う者たちもいる。海底で付着した泥などを洗い落とすのだ。

各艦は「抜錨良し」の信号を旗艦に送った。

「旗艦より旗旒信号。全艦、出港。所定の如く我に続航せよ」

「応答旗揚げ」

「了解、応答旗揚げます」

それは整然とした、乗組員と艦とが一体になったかのような作業の連続だった。

まさしく軍艦とは、そのようになって初めて、自在に動くことが出来る。

この日ばかりは、上は艦隊司令長官、下は水兵に至るまで、真新しい冬季制服と制帽を被り、機関科の焚火兵たちでさえ真っ白で無垢の作業服を着ていた。

これは、決戦に備え装束を新たにするというのみならず、負傷した際の感染症を防ぎ、負傷箇所を見つけやすいなど実際的な理由によるものであったが、そこはやはり水兵というもの。否が応にも士気は上がった。

「両舷前進微速、針路二八〇、ヨーソロー」

「前進びそーく」

艦尾にあるスクリューが、重々しく海水を攪拌《かくはん》。

艦へ推進力が与えられ、始めはゆっくりと、だが力強く、確実に前へと進みはじめる。

「まもなく変針点。次の針路三三五。航程四マイルです」

「艦長、まもなく変針点。変針点至らば取舵《とりかじ》を取り、針路三三五と致します」

「了解」

「ただいま変針点！」

「とーりかーじ」

「とーりかーじ」

「取舵一五度」

一等装甲艦　レーヴェ、ゲパルト、パンテル
二等装甲艦　ティーゲル、レオパルド
甲帯巡洋艦　グラナート、オーニュクス、ディアマント、スマラクト

水雷巡洋艦　アハート、ザフィーア、トゥールマリン、ペリドート
水雷艇母艦　ザルディーネ、ロッヘン
砲艦　アルバトロス
艦隊給炭艦　メーヴェ、コルモラン、ファザーン
水雷艇　ペングィン
　T一型六隻

総勢二六隻。オルクセン北海沿岸西方の港にもう何隻かの艦がいるがそれらは老朽艦といってもよく、いわばこれがオルクセン海軍の全力だ。

彼らは隊ごとに整然とした間隔を取り、あのドラッヘクノッヘン港でもっとも危険な本港と支港の合流部で汽笛を鳴らし、湾内航路を北へと向かう。

巨大極まるアルブレヒト鉄道鉄橋が見えてきた。

あれを抜ければもう湾口、湾内航路から本航路へと入り、艦は存分に増速もでき、本格的な洋上航行が始まる箇所だ。

そのとき、

「右舷、海望公園。見送り多数」

最先頭を行くレーヴェのマスト見張員が声を上げた。

艦橋上の艦隊司令長官マクシミリアン・ロイター大将以下、みなで双眼鏡や望遠鏡を向ける。

確かにその通りだった。

多くの、といっても一〇〇名ほどだったが、市民たちが詰めかけていた。

乗組員家族。

退役軍人。

オルクセンには珍しい、海軍や軍艦が好きでたまらない物好きたち。

殆どがオーク族だが、コボルトも、ドワーフもいる。国旗や海軍旗、国際信号旗を振っていた。

彼らは、海軍と接することが余りにも深い生活を送っているだけに、もう全てを察していた。これが通常の出港ではないことを。

そうして己たちだけで自発的な緘口《かんこう》を守りつつ、こんな早朝に、そっとアルブレヒト大鉄橋東側袂の、あの港湾監視事務所横にある公園に集まっていた。

「港湾監視事務所より魔術通信。出力を絞っています」

「読め」

「汝のご安航を祈る」

市民たちが振っている旗のなかで、国際信号旗の意味も同じだった。

防諜上、褒められた真似ではないことはわかっている。

だが、これが海側に住まい、海軍の側にいる者たちの流儀というものでもあった。

安航を願う信号に込められた意味は、単純な出征への激励だけではない。

――帰って来いよ。必ず。


そう言っているのだ。

ロイターが命じる前に、艦長が伝声管を開き、もう号令をかけていた。

「手空き総員、上甲板！　右、帽振れ」

艦の側から、わかった、見えたぜ、はっきり見えたぜ、という返答を意味する行為だ。水兵たちが一斉に甲板に溢れ、わぁわぁと歓声を上げながらその帽子を右手で振り、答える。

信号旗も揚がる。

応答旗と、

「ありがとう」

その信号だった。

ここ一〇年ほどで全艦に装備されるようになった発明の実用化品、アーク灯による発光信号機も煌《きら》めいた。


――アリガトウ、アリガトウ、アリガトウ。

とくにロイターが命じずとも、後続する全艦がそのようにした。市民たちのなかには、旗旒《きりゅう》信号やモールスまで読める者もいる。それで通じた。

やがて公園から風に乗り、市民の歓声が聞こえてきた。節がついて、何かの歌のようであった。

どうしてお腹が減るのかな
リョースタ　スヴァルタでっかいからよ
叩いて伸ばしてパン粉をつけて
こんがり揚げたら
何人前になるのかな

軽妙洒脱。

エルフィンド海軍が巨艦二隻を作り上げてからというもの、まず艦隊の水兵たちが歌い始めた戯《ざ》れ歌だった。

酒場を経由して、市民たちにまで広がっている。

「ふふふ、ぶはははははは！」

まずロイターが破顔した。

それはあっという間に艦橋へ、そして艦全体へと伝播《でんぱ》した。

不屈の洒落っ気。

それは、海軍のみならず、船乗りを抱え込む港の者たちにも存在した。彼らは実にオルクセンの国民らしく、鹿爪らしい軍歌ではなく、戯れ歌で艦隊を送ろうとしていた。

ロイターは自ら巨躯の全身を使って帽を振りながら、兵たちとともに大声で叫んでそれに答えた。

「ありがとう！　ありがとうよ！　やってくる、やってくるぞ！」

一路目指すはドラッヘクノッヘン港から見て、約四八・六海里——約九〇キロ西方。

途上、偽装針路及び速度調整をとりつつ、艦隊全力を挙げて突っ込むベラファラス湾。その最奥、ファルマリア港だ。


——同日、午後一時。侵攻開始五時間前。

メルトメア州クラインファス。第二軍総司令部。

同地の市庁舎を接収して設けられたこの司令部の一室で、居並ぶ参謀たちとともに大地図を眺めながら、アウグスト・ツィーテン上級大将はそっと沈思していた。

軍の作戦行動は、グスタフ王の言葉通り、全て参謀たちに任せてある。

既に最後の準備を整えた一線部隊三個師団が、侵攻開始段階における第二軍唯一の作戦目標といっていい旧ドワーフ領の、エルフィンドによるシルヴァン川南岸植民地——ノグロスト市までのオルクセン側、同市まであと一〇キロという侵攻発起地点まで、前進を開始しようとしていた。

物理的にも魔術的にも探知不能なその距離で、侵攻部隊は作戦開始を待つことになる。

オルクセンという国家が、これほど軍事行動の機密保持に気を遣った事は過去にない。

ツィーテンの隷下にある各軍団及び師団の長、参謀長らが集められ、作戦の全体説明が実施されたのは、これより四日前のことである。

各軍団及び師団の担当区、攻撃目標、日時。各隊の符丁。クラインファス市までの間に僅かに存在するエルフィンド入植村落などへの対処方針。夜間及び昼間斥候の許可範囲など。

彼らはようやくそれら詳細を明らかにされたわけだが——その際、メモの類をとることすら禁じられ、全ては口頭で伝達された。

そうして、開戦予定日を迎えた——

各指揮官や若い参謀には、祈るような、焦れるような時間が未だ続いているが、流石に歴戦の将たるツィーテンは微動だにしない。

このとき彼の頭蓋を占めていたのは、グスタフ王との会話だった。

己が邸宅で説得を受けたあのとき、彼が尊崇してやまない王は、

「この戦役を、オルクセンにとって最後の戦争にしてみせる」

そう彼に囁《ささや》いたのだ。

非才の我が身には、いったいどのようにすればそのような真似が、この大国同士が互いに笑顔を作りながら背後に剣を隠し持ちあっている時代に実現できるのか、まるでわからなかった。ましてや、人間族の国々に囲まれた、この魔種族の国オルクセンで。

だが彼はその言葉を信じていた。

王なら。

我が王なら、それをやれる。そのために私もここにいる。

そう念じ続け、開戦の瞬間を待っている。

――午後四時〇〇分。侵攻開始二時間前。

第三軍司令官アロイジウス・シュヴェーリン上級大将は、この段階になって、少しばかり周囲を困らせている。

「儂も侵攻発起点近くまで総司令部を移す」

この日の朝になって、そう言い出したのだ。

彼の幕僚たちから見れば、相当に危ない真似だった。

隷下に軍団を四つ持ち、直轄部隊の幾つかまで含み、総勢一六万五〇〇〇にも達する第三軍の司令官たる者が行う真似ではなかった。

軍司令部を置く位置としては、あまりにも最前線に近すぎる。そこまで出るのは師団司令部か、百歩譲っても軍団司令部のやることだった。

軍の指揮通信体制の観点から言っても、あまり褒められたものではない。

前線から約二〇キロ後方、それまで第三軍司令部のあったシュトレッケンで、どっかり腰を落ち着け、侵攻開始のそのときまで動かずにいてもらえるほうが、上部司令部たる国王大本営とも下部部隊とも指揮通信が保てる。野戦電信網の使用にのみ限定されていた現段階では、なおのことである。

だがそれはシュヴェーリンに言わせるなら、この侵攻開始という瞬間だからこそ、絶対に必要なことだった。

「儂が戦の匂いを感じられるのは、そのあたりまでだ」

そう言って譲らないのだ。

またシュヴェーリン曰く、これでも儂はおとなしくなったほうだぞ、という。彼は若いころ「俺を探したければ最前線のそのまた最先頭に来い」が口癖で、実際そのような指揮をロザリンド会戦までやっていたので始末に負えなかった。

この闘将、一度言い始めたらもう説得は無理だ。

そのため、彼の右腕たる最側近、軍参謀長ギュンター・ブルーメンタール少将はかなりの苦労を重ね、上官の希望を実現した。

まず、国王大本営に事前許可は取らなかった。

このような真似を、ゼーベック上級大将はまだしも、彼から見て義弟にもあたるグレーベン少将などが許すはずもない、と思えたからである。

そうして、まずシュヴェーリンの希望する位置に、工兵隊に命じて野戦炊事車両や給水車両を含む野戦司令部施設を開設した。次に野戦通信網との接続が確認できてから、作戦参謀以下、総司令部要員の半分を先に移動させた。

軍司令部ともなれば、総員は五〇〇名近い。

行程の要所要所に、騎兵伝令も配した。

このように代替手段を設けてから、シュヴェーリン移動中の指揮空白を生じさせないようにした。

騎行で一時間強の移動になった。

冬季で早く迎えることになる、日没ぎりぎりで間に合った。

到着寸前、グスタフから贈られたあの防塵眼鏡を略帽に巻いた姿で、配下に囲まれて進む馬上のシュヴェーリン上級大将は、彼から見て東方側に広がる光景に目を細めた。

もう暗くなりかけている険峻な稜線。

針のように鋭い、黒き樹々。

太古の昔、氷河が削りとって出来たという広大な源流谷。

その狭間に延びる、あまりにも懐かしい渓谷。

一二〇年という時を経て、かつてエルフ族たちが築き上げた防禦《ぼうぎょ》用堡塁《ほうるい》は、もう草むして遺跡のようになっていた。

「………」

無言でそれを眺めたシュヴェーリンの胸中に去来した想いは、複雑だった。

多くの仲間と部下を喪《うしな》い、古き王を死なせてしまい、そして新たな王を得た地。

シュヴェーリンは、こののち彼の伝記や第三軍戦記を書く者が必ず記すことになる言葉の一つで、その感慨を締めくくった。

それは彼にしては珍しくその知的な部分を表に出したものだったが、ひじょうに朗らかで、大げさに腕を広げた動作まで芝居がかっていて、また我らのシュヴェーリン親父が何か言い出したと、心の機微を幾らかまでは察するブルーメンタールを除く周囲の者たちの、破顔や失笑を誘った。

「――おお、あれに見えるはロザリンド！　我が麗しの、気高き古戦場！」

――午後四時三二分。侵攻開始一時間二八分前。

総軍司令部日報より抜粋。

「待望の日没を迎えたり」

――午後四時四五分。侵攻開始一時間一五分前。

海軍第一一戦隊、通称屑鉄戦隊のメーヴェ、コルモラン、ファザーンの三隻は、主力戦隊群の後ろに従い、ベラファラス湾への突入を果たしていた。

既に海上東方は深闇に近かった。前方にあたる西方も、本来なら水平線上に残照がある時刻だが、巨大極まる半島内山脈が光線を遮り、一気に闇夜の如く光景になっている。

遠く北方に、エルフィンドの誇るヴィンヤマル大灯台の明かりが見えた。

艦橋上に外套を着込み、立ち尽くしたままの戦隊司令兼メーヴェ艦長エルンスト・グリンデマン中佐にとってありがたいことに、機関の調子は良好だった。無煙炭の効果も素晴らしかった。

あのコルモランも。

ある意味当然だった。

コルモランはその機関部に、ヴィッセル社の技師たちを乗せたまま出港したのだ。

どうあっても開戦に間に合わせるため、そんな措置が取られた。

開戦は極秘中の極秘だったから、技師たちは家族などにも何も告げられないまま、半ば拉致《らち》された
ように洋上へと連れ出された格好である。

「いまごろ、艦のなかはえらいことになっとるでしょうな」

砲雷長のドゥリン・バルク中尉が、憐《あわ》れむような、それでいて面白がるような響きで、そのドワーフ族特有の赤髭をしごきつつ言った。

「ああ。違いない」

グリンデマンも若干、品の悪い喉の鳴らし方をしつつ応じる。

本当に、いまごろコルモランの機関室内はたいへんな騒ぎだろう。

周囲の者からはまるで意外なことのようだが、造船所の技師がこれ即ち必ずしも海にも強いというわけではなかった。

むしろ、ふだんは陸の上や、せいぜい試験航海で出る湾口周辺くらいの海域で仕事をしている連中ばかりなので、本物の遠方洋上に出ればたちまち酔うばかりとなる者さえいた。

ぎりぎり一〇月の海は、厳冬期の北海に比べれば話にならないほど穏やかだったが、それは船乗り基準の話である。コルモラン艦内の技師たちを想像してみるに――地獄であろうと思えた。

「まあ、よかろうさ。自社製品には責任を持ってもらおう」

「違いありません」

ついにバルクはげらげらと笑いだした。

勤務中は真面目極まりないこの砲雷長にしては、たいへん珍しいことである。大事を前に、この牡なりに高揚しているのかもしれなかった。

「我がリントヴルム岬より、魔術誘導波受信！」

信号長のオスカー・ヴェーヌス曹長が、コボルト族ブルドック種特有の低い声で叫ぶ。

艦から見て左手に黒々と広がるリントヴルム岬にいる、軍の諜報部員たちが出すと伝達のあった、魔術通信誘導波だ。

その探知距離を頼りに、艦隊はリントヴルム岬の断崖すれすれを通過し、艦という存在からすれば本当にぎりぎりのところで南岸側を進むことになっている。

険峻な断崖が影となり、艦隊を幾らか包み隠してくれるはずである。

魔術通信波を出してくれるだけでも、本当に助かった。

あまり陸地へ振りすぎると座礁する。

どうやらヴェーヌス曹長も興奮しているようだ。

コボルト族の使うズボンの尻のところには、彼ら種族の尻尾を出すための穴があるのだが、その尻尾が、ぶんぶんと左右に揺れていた。

このとき彼らの頭上――リントヴルム岬では、あの諜報員たちが眼下を陰影となって通過する艦隊一隻一隻を見守り、増援派遣されてきたコボルト族諜報員とともに涙を流して喜び合っていた。

「来た！　本当に来やがった！」

「ああ、ああ……ついに……！」

艦隊の行動は実に上手くいっていた。

前方には主力艦群の黒々とした塊があり、僅かにそれだけが灯された艦尾灯がある。誘っているようにさえ見えた。

グリンデマンにしてみれば、このまま艦隊にくっついて敵本拠地への殴り込みに同行したかった。

それは一生の本懐となるであろう。

だがそれは叶えられない。

彼らには、別の重大な任務があったからだ。

——午後五時〇〇分。侵攻開始一時間前。

メルトメア州アーンバンド郊外。

第一七山岳猟兵師団の師団司令部駐屯地を利用して設けられた野戦大鷲離着場には、既に篝火が焚かれていた。

もう陽は完全に落ちている。

全五〇羽いる大鷲軍団は、その約半数ずつがこのアーンバンドと、半島中央部に近いリヒトゥームにいて、前者が第一軍を、後者が第三軍を空中偵察支援することになっている。

既にこの日一度、エルフィンドから決して探知されない距離をとりつつ、国境上空ぎりぎりを何度か飛んでいて、どうやらエルフィンド側にはふだん通りの備えしかない、なんらの変わった動きもないようだという情報を総軍司令部たる国王大本営に齎《もたら》していた。

ただし、この夜間を飛べる隊は、ここアーンバンドにしかいない。

営庭に集合した、たったの八羽。

その足元には、同数のコボルト飛行兵。

従軍全大鷲から選抜し、コボルト族飛行兵たちの力も借り、経験値を重ねてもこれだけの隊しか用意できなかった。大鷲軍団主力が飛び立つのは明朝、陽が昇ってからということになる。彼らはその例外だった。

——夜間空中偵察専門部隊、ワシミミズク中隊《ウーフー・シュタッフェル》。

部隊目的から、鳥類にあって自在に夜を飛べるその名を冠した。

指揮官は、ヴォルフガング・ハインケル少佐。

駐屯地営庭を利用した発着場脇に集合した彼らは、東西二手に分かれ第一軍と第三軍を支援する。

既に新鮮な肉塊をたっぷりと与えられ、大鷲軍団所属の羽付きオーク兵から毛並みの手入れや飛行兵用鞍具、爪の具合などの確認も受けていた。

彼らを前にしたヴェルナー・ラインダース少将自身も、鞍具を取り付けている。

彼は隊の編成外で東へ飛ぶ。

海軍がひと仕事をするというので、その上空へ向かう予定だ。

足元には、あのコボルト族のメルヘンナー・バーンスタイン教授がいた。冬季用に、毛皮を裏打ちした飛行服を着こんでいる。

彼女を戦場にまで連れてくるのはラインダースとしてはまるで気が引けたものの、彼女自身の希望と、その適性値の高さ、おまけに魔術を使えたことから、いまではラインダースの首の付け根はすっかりメルヘンナーの指定席のようになっていた。

「諸君。大鷲族の同志諸君――」

出撃に際し、まったく本意ではなかったが、ラインダースは一席ぶつ必要性に駆られていた。

「我が軍団をここまでの高みに昇らせてくれた、コボルト族の飛行兵諸君に深い感謝をささげつつ、大鷲族同志諸君に告げる。今宵から明日にかけて、我らはいよいよエルフィンドの上空を飛ぶ。ついに我ら種族にとって父祖のものだった空を飛ぶのだ――」

彼はちょっとそこで言葉を切り、全員を見渡した。

皆、よい表情をしていることに安堵した。

「険峻な山脈。深き樹々。その太き枝。白銀のシルヴァン川。青き湖沼。我ら種族の父祖たちが愛した地だ。その空を飛ぶ。もはや我らはオルクセンの民とはいえ、皆、感慨深きものがあろう。私も同様だ。このような機会を用意してくれた、オルクセンと、グスタフ王陛下に最大の感謝と尊崇を捧げたい。故国と王は、我らに最高の舞台を整えてくれたわけだ。今宵から明日中にかけての一日は、我ら種族にとっても歴史ある一日となろう。諸君！　言ってみればこれは――」

「大鷲の日《アドラー・ターク》である！」

狩りをしていた日々が蘇《よみがえ》ったが如く、その眼光を鋭く細める。

――午後五時一五分。侵攻開始四五分前。

アーンバンド市中央駅舎、第一プラットホーム。

御用列車センチュリースター号と駅舎とを使って構築された、国王大本営にして総軍司令部は、異様なほどの高揚、興奮、熱気に包まれはじめていた。

既に外務省ビューロー大臣から、宣戦布告文の手交が済んだとのキャメロット外務省電と、ビューロー自身による各国公使への戦争状態宣言及び、エルフィンド外交書簡事件の公表も完了した旨、連絡が入っていた。

そのうえ、どうやらエルフィンド側は何の備えもしていないらしいという事前偵察情報が、大鷲族や、侵攻発起点へと前進した部隊から続々と入りはじめていた。

もうこの時刻ともなれば、もはやエルフィンド側にどのような準備のしようもあるはずがなく、少なくとも陸上側における奇襲侵攻の成功は、確実と思われた。

「あいつら、俺たちを舐《な》めてるのか！」

随員車を利用した総司令部で、エーリッヒ・グレーベン少将が狂喜し叫んでいた。

この牡《おとこ》、二日ほど前から緊張の極みを脱したのか、今度はまるで躁《そう》状態になっている。

しかし、その言葉にはグスタフなども同意するしかなかった。

まったく、エルフィンドという国家はどうかしていた。

この情勢に至ってなお、まともな警戒態勢ひとつ取っていないとは。

用意周到にこの日に備えてきたオルクセン軍から見れば、怠慢、怠惰、油断の極みといえ、近代における国家や国民というものへの冒涜《ぼうとく》のようにさえ感じられた。

世に奇襲を為《な》そうという国家があり、またこれを許す国家があるというのならば。

後者は、まったくの怠慢である。

外交上も、軍事上も、諜報上も、国民意識も、あるいはこれを率い治める軍の幹部や為政者の存在といった、そういった何もかもが怠ってはじめて、そのような事態が起こり得る。

その結果、自国領土も自国民の生命財産も守れないのであれば、弱肉強食の世ともいえるこんにちにあって、それはもはや滅ぶしかない国家であろう。そのようなものを作り上げてしまった為政者には、国を率いる資格すらないように思えた。

対するオルクセンはどうか。

「王、我が王。いよいよですな」

「ああ、じい。いよいよだ」

オルクセン国王グスタフ・ファルケンハインと、国軍参謀総長カール・ヘルムート・ゼーベック上級大将はこのとき、プラットホームへと出て、外の空気を吸っていた。

夜空には、この惑星の周囲をひと月ずつ交代するように接近して巡る衛星のうち、一〇月の葡萄月《ヴァインモナト》が、その交代直前の残照を放つため姿を見せようとしている。

「ロザリンド会戦から一二〇年……長うございましたな」

「そのことよ……そのことよ……」

この両者、彼らだけで会話をするとき、どうしてもかつてのオーク族本来の、古典的なオルク語が出た。現在の低地オルク語に慣れ親しんだものからすれば、まるで時代がかった響きに聞こえる。約一年前の、あの山荘やその周囲での会話と同様だった。

彼らは、たいへん穿《うが》った表現をするなら、一二〇年かかってここに来た。

兵站、軍備、動員。

諜報、外交、謀略。

そんな、この戦争自体への準備もまた膨大なものであったが、それより遥か以前からの、農業に大地の糧を得て、諸種族を纏め、工業を興し、国を富ませ、他国の侵略を押し返し、軍を鍛え――そのようなこの一二〇年の国家そのものの歴史があってこそ、この場に立っていられたのだという思いは強く、それは紛れもない事実であった。

またこれは、グスタフにとって彼の治世の全て、いままでの歩み全てとも言えた。

つまり……彼のなかでその多くの部分を形成している、別世界の、元人間だった男としても。

その男の自我としては、かつてディネルースに告げた通り、なぜ己のようなものがこの世界に生まれたのか、本当にいまでも何もわからなかった。

天候を操る魔法がどうして使えるのかもわからなければ、人生をどのように終えたのかも記憶にない。

いまでも何かをきっかけに着想を得たり、思い出すことも多い。

ただ彼は、どうやらその記憶の通りなら、別世界で人間だったころは、ほんの少しだけ珍しい仕事をしてはいたようだった。

ある公的で経済的な団体に職員として属し、生まれ育った国の貿易量だとか、流通量であるとか、資源輸入量や鉄鋼生産量であるとか。そういったものを統計として纏《まと》める仕事の、ほんの一端を担っていたのだ。

おかげでそのころは、言ってみればなんの責任も取らなくてよい気軽な身として、港湾施設や、巨大物量拠点、重工業などをほうぼうで視察できた。

また個人的な趣味としては、首都の郊外に借りた猫の額ほどの土地で家庭菜園をやり、土を弄《いじ》り、季節の野菜を収穫するのが楽しみであった。通勤のための往復の電車のなかで、歴史小説や時代小説を読むことを好んでもいた。

本人に言わせるなら、たったそれだけ、ごくごく平凡な一般人であったのだ。

そのために、たいへんな苦労をしてこの国の王をやってきた。

国民たちを導いてやろうにも、未来的な知識としてとてもよい方法や事象があることはわかっていながら、それらの詳細についての専門知識はまるで何も持ち合わせていなかったからだ。

土を弄ったことはあっても麦など育てたこともなく、歴史上に後装式小銃の誕生というものがあることは知っていても、それがどんな構造をしているのかなどまるでわからなかった。鉄鋼の組成を書類で眺めたことはあっても、実際にどれほどの割合で鉱石などを混ぜ、どんな技術を使って造っているかは知らずに仕事はこなせていた。

人の上に立った経験もそれほどない。

だから王として崇められると、いまでも消え入りたくなるほどの恥かしさや照れくささしかない。

人間としての記憶を、長い期間をかけ、ひじょうに緩やかに、ほんの少しずつしか思い出せなかった影響もある。

だから何もかも一から勉強しながら、一歩一歩やっていくしかなかった。

農事試験場などは、そのような自らの学習のための場でもあったのだ。

周辺国をひと睨みで屈服させ得るような、革新的なものは生み出せなかったし、国民を格別に幸せにしてやれたなどとは、いまでも思っていない。

むしろ腹心たちを始め、彼ら国民の力を借りることばかりだった、そんな後悔ばかりがある。

ただ己の性格的な自負として、途中で誰かを見捨てることも責任を放り出すことも出来ず、いまこの瞬間へと繋がる、為せるだけのことは成してきたつもりだ。

それでも——

かつていた世界で多くの作家たちが生み出していた、僅か数年で革新的技術革命を幾つもやれてしまうほど優秀な人間がこの国に来てくれていたなら、どれほどよかっただろう、もっと国民を幸せにしてやれただろうに、なぜ私だったのだ、本気でそう思うことばかりだった。

だから。

一二〇年。

ほんとうに一二〇年かかってしまった。

オルクセンの歴史。

グスタフ自身としての、歩み。

この国の軍備や外交、経済、国民の力。

それら全ての結果、開戦奇襲が成功したとするならば、エルフィンドや他国といった、事情を知らぬ者たちの目からは、いったいどう見えるだろう――

グスタフは喉を鳴らした。

何か皮肉なものを覚えたかのような、そんな笑いだった。

「我が王？」

「いやなに。事情を知らぬ者、あるいは物事を深く考えない質の後世の歴史家とやらが、この日を見ればどう捉えるか、そう思ってな。彼らからすれば奇術や魔術でも用いて、ある日突然――」

グスタフは低く笑いつつ、まるで神話伝承上の魔王のように響く声で、告げた。

「ある日突然、野蛮なオークの国が、平和なエルフの国へと攻め込んだ――そんな風にしか見えないのではあるまいか。そう思えてならないのだ」

――午後五時四五分。

「侵攻開始、一五分前……！」

騎乗したディネルース・アンダリエルの側に、同じく馬上で控えた旅団最先任曹長が、整合も済ませた懐中時計を確認しつつ静かに告げた。

既にアンファングリア旅団のうちの大多数は、侵攻発起点たるシルヴァン川南岸に到達、待機している。

彼女たち種族にしてみれば、思えばちょうど一年ぶりの、母なる故郷への帰還となる。

心に掲げる旗はまるで違ったものになっていたが、もはやかつての故国への憐憫も慈悲も許容もすべてが消え失せており、それに誇りさえ抱くようになっていた。

既に総員が、あのダークエルフ族特有の、己が氏族に伝わる文様による戦《いくさ》化粧を頬に施している。

魔術探知の波によれば、エルフィンド側対岸にはまるで気配はない。

河岸から幾らか奥まった場所にある国境警備隊哨所に、僅かな部隊がふだん通り常駐しているだけと思われた。

開戦奇襲成功は、間違いない。

第二軍や、第三軍の担当地域でも同様らしい。

まったく、エルフィンドはどうかしていた。彼女たちにさえそう思えた。

ただし、まるで不安がないわけではなかった。

侵攻開始時間を迎えれば、アンファングリア旅団は第一軍最先鋒として、シルヴァン川渡渉地を越える。

だが、部隊の全てが渡れるわけではない。

いかな渡渉地とはいえ、大河のものだ。

重量のある野山砲で編成された山砲大隊は渡せないと判断されていた。車体ごと沈みこんでしまう可能性が高すぎた。

輜重馬車も同様。

これらが渡るのは、アンファングリアの背後各所に控えて大集合している軍総力の工兵隊が、計四本の大型浮橋を架橋してからのことになる。

最低でも彼らが、工兵用の大型渡船ともいえる門橋を使う余裕が出てから。

そのため、この工兵隊群は、ときには腕力頼みの運搬まで行い、たいへんな努力を重ねて鉄製浮橋器材舟約三〇〇隻余を持ち込んでいた。その他、架橋資材も同様。従来の全木製のものと比べて、耐久性もあれば安定性もある。

だが、軍は最初の一本目の架橋が終わるまで、約八時間と見ていた。

オーク族兵の総力を挙げた作業でもっと短くなるだろうと言われていたが、最大値を見て八時間。

五七ミリ山砲と、グラックストン機関砲の一部は、架橋舟艇を利用して幾らか渡ることにはなっていた。……だが、それだけだ。野砲は渡せない。

架橋前に渡渉することになる主力も、軍記物のように一気に渡れるわけではない。

まず少数の猟兵が渡り、警戒をし、本隊がこれに続き、次に騎馬渡渉が得意な者で選ばれた一隊が様子見をしながら渡り、続いて旅団主力が……という具合になる。

そうして渡った旅団主力は、少なくとも架橋の済む八時間後まで、まるで火力と輜重を欠いたまま対岸にあって、橋頭堡《きょうとうほ》を確保し続けなければならない。もちろん挙動に不安定が出ている馬も渡れない。

過去何度も騎乗渡渉の訓練も重ねていたが、馬のなかには、乗り手のほうが優れていても水を怖がるものも多いからだ。流水となればなおさら。混乱を避けるため、これらも残置することになる。

この眼前、川幅七五〇メートルに広がる渡渉地はそれなりに広くはあるが、ここから一歩離れれば、上流側も下流側もたいへんに深くなる。溺《おぼ》れてしまえば、馬はもちろんのこと、装具をつけた兵も沈み、流されることになってしまう。

つまり対岸に渡った旅団にとって、もっとも脆弱《ぜいじゃく》な八時間となるだろう。

当然、国軍参謀本部は重火力に成り代わる代替案、支援策を考え出していた。

ただそれは成功するか確信は持てないもので、最悪の場合、諦めるしかないと言われていたが――

「侵攻開始一〇分前！」

曹長が叫ぶとほぼ同時、下流から何か気配がした。

低く、重い、規則的な響きがあり、それはだんだんと大きくなる。

黒々とした大きな影が三つ、最初は霞んだ墨のように。そして音の響きとともにその陰影の濃さも大きさも拡大していく。

「来た。本当に来やがった……」

「信じられん」

「無茶しやがる……」

周囲の兵たちから、口々に低く囁きが漏れる。

静かにしろと怒鳴りつけたいところだが、ディネルースもまったく同感だった。

計画は事前に知らされていたとはいえ、やや茫然としている。

幾ら魔術兵を積んでいて障害物の探知も出来るとはいえ、そして水深のある大河とはいえ、本当に無茶なことをする奴らだ。

やがて黒々とした三つの影——大河シルヴァンの河口から縦一列となり八キロにわたって遡上してきた海軍の砲艦三隻は、舌を巻くほど見事に河川の中央よりオルクセン側を進みつつ、アンファングリア旅団の少しばかり下流域で一斉にがらがらと錨を降ろした。

海上では小さな部類かもしれないが、陸上の者が、しかも河川で見れば、大きな艦たちだった。

川底にしっかりと錨を嚙みこませるための若干の後進のあと、今度は各艦一隻ずつ、汽艇も降ろしはじめる。

「侵攻開始、五分前！」

曹長の叫びとほぼ同時に最先頭の一隻から、ちかちかと発光信号が送られてきた。

「友軍艦艇より信号――」

連絡のために海軍から派遣されて旅団司令部に随行していた中尉が、読み上げた。

「我、屑鉄戦隊。御用は無きなりや！」


――屑鉄とはどういう意味だ？

ディネルースはほんの少し首を傾げた。

何か聞き間違えたか。第一一戦隊だと知らされていたが。

まぁいい、海軍には海軍の流儀もあるのだろう。

「ご支援感謝す。そのようにご返信下さい、中尉」

「はっ」

階級は遥かに違ったが、海軍相手とあって丁寧に願い出たディネルースに、そのオーク族の海軍中尉はしゃちほこばって敬礼した。彼の周囲には、ルムコルフ式手動発電機つきの携行発光器を持ち込んだ信号兵がいた。既に、かしゃかしゃと返信を始めている。

これが、国軍参謀本部が海軍と打ち合わせて決めた代替案だった。

海軍では豆鉄砲とされる小さな一二センチ砲でも、陸軍の者からすれば重砲に匹敵する。

しかもこれが三隻で計六門。

オルクセン陸軍の重砲中隊は四門編制だから、それ一個以上の火力ということになる。

その上、各艦に一隻積まれている汽艇を使って、架橋作業への支援まで行ってくれる手筈になっている。一刻でも早く架橋を完了させるために。

本当に無茶なように思える河川遡上だが、新大陸の連中がやった内戦などで充分に先例もあるらしい。夜間の例すらあると。おまけに魔術兵を積んだオルクセン海軍の艦艇なら、どうにかやれると踏んだという。ありがたいことだ。本当にありがたいことだった。

「侵攻開始、二分前！」

ディネルースは、その肋骨服の胸ポケットから金属水筒を取り出し、一口煽った。

そのまま、隣で騎乗している旅団参謀長にして腹心のイアヴァスリル・アイナリンド中佐に渡してやる。

「ヴァスリー」

「はっ、いただきます」

「ラエルノアにも渡してやれ」

「はい！」

作戦参謀ラエルノア・ケレブリン大尉を経て戻ってきた水筒を持ったまま、サーベルを引き抜く。

「侵攻開始、一分前！」

中身の残り全てを使って、サーベルの柄、刃先へと火酒を滴らせる。

戦いに際して、己が武器や、あるいは配下に授与する勲章などを火酒で清めるのは、彼女たち種族の伝統ある習慣だった。

己が臓腑まで清めたのは、まあ、勢いのようなものだった。

「三〇秒前！」

そうして右肩のところへ、刃の背の、切っ先近くをあてる姿勢で、その瞬間を待ち構えた。

「侵攻開始時刻！　二六日一八〇〇！」

曹長の叫びと同時に、砲艦たちが一斉にマストトップへと戦闘旗を掲げた。

ディネルースはサーベルを振り上げ、これを一気に振り下ろし、対岸の方角へと突き立て、あの低い質の声で喉を嗄《か》らさんばかりに下令する。

「アンファングリア旅団、前へ！」

――オルクセン王国にとって、その全力を投入した対外戦争、対エルフィンド《ベレリアント》戦争が始まった。

《了》

外伝

首都新聞社　開戦当夜

「――編集長！」

オルクセン主要新聞社の一つであるオストゾンネ紙で、政治面と社会面に署名入りの記事を書くオーク族の記者フランク・ザウムが、息せき切るように飛び込んできたのは、もうとっくに退社時刻を過ぎたころだった。

コボルト族シェパード種の編集長は目を丸くした。

「なんだぁ、おい。随分早いじゃないか」

だが助かる、流石の地獄耳だな――そんな口ぶりである。

今夜、オルクセン王国外務省が重大発表をするという第一報を彼が耳にして、もう二時間ばかりになる。

その癖、中身については一向に分からない。

外務省詰めの連中が、どうにも様子が変だ、何かが妙だと使いを走らせてきて、編集長は社の主要記者たちを呼び戻すことにした。

ザウムは、その先陣を切って駆け付けた記者というわけだ。

「いつものカフェで寒さしのぎのコーヒーをやっているところを、捕まっちまいましてね」

記者たちの居所に目星をつけ、使いを走らせたのは編集長でしょうが――ザウムは、苦笑交じりに軽い悪態をつく。

どこか憎めないところのある悪童のような類が上気しているのは、文字通り駆けて来たばかりが理由ではないようだ。きっとコーヒーには、酒精を含む何かが混ぜられていたに違いない。懐に余裕のある市民たちの間で昨今流行りの、オレンジリキュールの類だろう。

「そんなことよりも。戻ってくる途中、念のために寄ってみた陸軍省詰めの奴らから妙なことを耳にしましてね」

「なんだ？」

「今日の午後、軍服姿に着飾った将軍が公用馬車で乗り付けたというんですよ」

陸軍省に、陸軍の将官が出入りすることは珍しいことではない。

当たり前の出来事だ。

だが編集長は口を挟まなかった。

ザウムは、発行部数で国内随一を誇るこのオストゾンネ紙で、伊達に署名入り記事を任されているわけではない。スクープを連続してすっぱ抜くようなところは無いものの、粘り強く丹念な裏付けを取り、信頼の置ける記事を物にすることの出来る奴だ。

「それがですね、シュタインメッツ大将だったというんです」

「シュタインメッツ……あの首都大学学長のか……?」

編集長は流石に目を丸くした。

ロザリンド会戦世代の、数少ない生き残り。

シュヴェーリン、ツィーテン、ゼーベックら軍幹部に次ぐ重鎮だ。故あって現役を退いてはいるものの、グスタフ王の肝煎りで任命された首都ヴィルトシュヴァイン大学の学長という地位は、閣僚級の扱いである。

そのシュタインメッツ大将が軍服姿で陸軍省に現れたというのならば――

「……現役に復帰したということか?」

これは奇妙なことだ。

何処かに据えるにしても、大物に過ぎる――

思えば、昨年末のダークエルフ族集団亡命からというもの、世情にはきな臭さばかりが漂うようになったと、ザウムは考察の開陳を続けた。

オルクセン随一の総合商社ファーレンス商会が、「南星大陸産の硝石を大量に買い付けた」と外電報があったのは数か月前のことだ。キャメロットの国際金融市場筋から噂が流れ、一時は外交通や事情通を自称する者たちを瞠目させた。

オルクセン農務省が事前に「肥料の増産計画」を発表していなければ、もっと大きな騒ぎになっていたかもしれない。

硝石という代物は、火薬の原材料にも化けるからだ。

「それにもう一つ。とびきり奇妙なことがあるんです」

「なんだ？」

「……国王官邸の警護に就いているはずのアンファングリア騎兵が、いないんですよ」

「………」

編集長は絶句した。

軍の演習動員があり、報道管制を敷くと通告があった折でもある。

何か複雑なパズルのピースがあちこちで埋まっていくように、全ての兆候が一つの答えを指し示しているように思われた。

「ザウム！　書けるか？　号外一面全て任せる！」

「もちろんです……！」

答えたときにはもう、ザウムは外套を脱ぎ、マフラーも取り払って、ラウンジスーツの腕をまくりながら己の机に向かっていた。

しばらく考え込んだあと、おもむろに鉛筆を手に取り、下書き用の粗末な紙に一文節ずつ流れるように書いていった。

書きに、書いた。

そのころにはもう他の記者連中も戻ってきていて、お前は外務省だ、そっちは参謀本部へ向かえ、おい印刷部の奴らを帰すなよといった編集長の叫びが響き渡っていたが、気にも留めず、書き続けた。

「ザウムさん」

誰かに命じられたのだろう、下働きの者がコーヒーを運んできた。

香りに気づくものがあり、半ば確信的に含むと、思った通りだった。

周囲を見渡せば、付き合いの長い記者仲間がニヤりとしていたので頷き返してやる。ザウム好みにたっぷりとクリームが入っているだけでなく、ウィスキーが幾らか混ぜられていたのだ。とびきりの陣中見舞いだ。

書き上げた端から編集長が内容を確認し、印刷部に回していく。

オストゾンネ社では、隣国グロワールが近年になって発明した転輪式印刷機の最新型を導入済みだった。多少粗くなるが、石版画も組み込める。過去に作成したものを流用して、国王グスタフ陛下の肖像画も戴こうという話になった。

そして、大きく見出し。

――「戦争」の文字。

夜七時ごろになって、外務省からオルクセンとエルフィンドとが開戦した報が、正式のものとなって飛び込んできた。

ザウムは、さっとエルフィンド外交書簡事件のあらましや、その外交姿勢がどれほど不誠実かを訴える追加段を書き上げた。

刷り上がったばかりの号外が束ねられ、大呼集をかけられた売り子たちに預けられ、彼らは一斉に走り出していく。

社屋前の掲示板には、大きく「戦争！」の題を冠した号外が幾枚も張り出され、何事かと足を止めた市民たちが早くも環を作っていた。

結果としてオストゾンネ紙は、この開戦当夜に号外を出せた唯一の新聞社になった。

「とうとうやったなぁ、国王陛下は……」

「ええ。やりましたねぇ……」

フランク・ザウムがようやくひと息付けたのは、そのころだ。編集長と、幾名かの記者仲間と、石炭焚きのストーブを囲む。

明日の第一版も間に合わせるため、今夜はみなで泊まり込むことになるだろう。それでもどうにか満足感とともに腰を落ち着けて、紙巻き煙草を楽しむ程度の暇は確保できそうだ。

「……編集長。当然、送るんでしょう？」

「惚《とぼ》けてもらっちゃ困りますよ――」

「何を？」

ザウムはニヤリとした。

何かスクープに食らいついたときと同じ顔をしていた。

近代における戦争とは。

もはや軍隊のみで完遂されるものではない。

前線があれば、銃後があり——

その両者を繋ぐのが報道だ。

「従軍記者ですよ、従軍記者。戦地に送らなきゃ。今夜の褒美に、我が社第一号へと私が名乗り出ても、罰は当たらないと思いますがねぇ」

フランク・ザウムが、ベレリアント戦争における従軍記者第一陣として戦地に赴くまで、そう時間はかからなかった。

《了》

あとがき

皆さん、お久しぶりです！

初めましての方、初めまして！

樽《たる》見《み》京一郎《きょういちろう》でございます。

この度は拙作『オルクセン王国史』第二巻をお手にとって下さり、心より感謝致します。

第一巻発売直後に望外の重版を迎えることができ、また、こうして続巻を刊行できましたのも、ひとえに皆様のご支援、ご声援の賜物です。

また、野上武志先生によるコミカライズの連載も始まり、コミック版第一巻も発売の運びとなりました。こちらもまた日々のご声援の数々を目にし、我がことのように喜んでおります。

第二巻では前巻に引き続き、ＴＨＯＲＥＳ《トーレス》柴本《しばもと》先生に美麗な装画を賜りました。編集の皆様も同様です。また再び「先任」氏に軍事関連考証をお願いしております。この場にて御礼申し上げます。

さて、この第二巻にて、いよいよ我らがオルクセンは宿敵エルフィンドとの開戦と相成るわけでございますが――

もっと早く開戦を迎えると思われていた方も、多いのではないでしょうか。「物語」としては一番美味しいところ、そこからが「本番」だと。

第一巻以来の、これほどの文字数を費やして「準備」を描写するなど、作者はどうかしているのではないか、と。

またそのような試みを商業出版に採用するなど、一二三書房はどうかしているのではないか、と（ごめんなさい、ごめんなさい、ごめんなさい）。

ＷＥＢ連載中のころより「前代未聞だ」とのお声をいただいたこともございます。

しかし物事に重要なのはこの「準備段階」だと私は信じております。

予期せぬ事態――これに対処できるのも、日頃の備えがあってこそだと。

実は　極《ごく》初期の構想ですと、私はこの作品を「ここまでしか書くつもりがなかった」ほどです。言い換えれば「一番書きたかったところ」であると申せましょう。

また第二巻は、この『オルクセン王国史』が一種の群像劇であることをハッキリとさせる巻でもございます。

変わらず主人公はグスタフとディネルースのふたりではあるのですが、ひとつの近代国家の歩みを描写するには、「このふたりだけでは追えない」という点もまた、私にとっての信念でもありました。

果たして、これほどの準備を整えたオルクセンの目論見は上手く運ぶのか。

ふたりはどうなっていくのか。

再びお届けできる日が来ますことを、皆様と再会できる日が来ますことを心より祈っております。

この本をお手に取っていただいた貴方様に、最大級の感謝を捧げつつ。

樽見京一郎

参考文献

マーチン・フォン・クレフェルト、佐藤佐三郎訳『補給戦――何が勝敗を決定するのか』中公文庫
井上孝司『現代ミリタリー・ロジスティクス入門　軍事作戦を支える・人・モノ・仕事』潮書房光人社
ドイツ国防軍陸軍統帥本部／陸軍総司令部編纂、旧日本陸軍／陸軍大学校訳、大木毅監修・解説『軍隊指揮　ドイツ国防軍戦闘教範』作品社
菊月俊之『世界のミリメシを実食する』ワールドフォトプレス
菊月俊之、河村喜代子『続・ミリメシおかわり！』ワールドフォトプレス
津久田重吾『ミリタリー服飾用語事典』新紀元社
歴史群像編集部編『日露戦争兵器・人物事典』学研
佐山二郎『大砲入門』光人社NF文庫
佐山二郎『日本陸軍の火砲　野砲　山砲』光人社NF文庫
佐山二郎『日露戦争の兵器――付・兵器廠保管参考兵器沿革書』光人社NF文庫
ラルフ・プレーヴェ、坂口修平訳、丸畠宏太・鈴木直志訳『19世紀ドイツの軍隊・国家・社会』創元社
セバスチャン・ハフナー、魚住昌良訳、川口由紀子訳『図説 プロイセンの歴史　伝説からの解放』東洋書林

国会図書館蔵『戦術原則図解：附・陸軍軍隊符号』軍事学指針社
国会図書館蔵『野戦騎兵小隊長必携』陸軍省徴募課編纂
アーネスト・スウィントン、武内和人訳『愚者の渡しの守り：タイムループで学ぶ戦術学入門』国家政策研究会
新映画宝庫12『ミリタリーヒーローズ　力瘤映画 戦場編』大洋図書
野田浩資『音楽家の食卓』誠文堂新光社
カトリーネ・クリンケン、くらもとちさこ訳『北欧料理大全』誠文堂新光社
『ヨーロッパのスープ料理――フランス、イタリア、ロシア、ドイツ、スペインなど11カ国130品』誠文堂新光社
谷田博幸『図説 ヴィクトリア朝百貨事典』河出書房新社
アルブレヒト・テーア、相川哲夫訳『合理的農業の原理　上巻・中巻・下巻』農文協
溝口康彦、福地宏子・數井靖子監修『新版 モダリーナのファッションパーツ図鑑』マール社
池上良太『図解 北欧神話』新紀元社
藤井非三四著『帝国陸軍師団変遷史』国書刊行会
Kevin F. Kiley『An Illustrated Encyclopedia of Military Uniforms of the 19th Century』Lorenz Books
Scott L. Thompson『Gulaschkanone: The German Field Kitchen in WW2 and Reenacting』Schiffer Military Ltd

斎藤聖二『日清戦争の軍事戦略』芙蓉書房出版
片岡徹也『戦略論大系③ モルトケ』芙蓉書房出版
エミール・ゾラ、朝比奈弘治訳『パリの胃袋』藤原書店
井上祐子『日清・日露戦争と写真報道　戦場を駆ける写真師たち』吉川弘文館
黒井緑『軍艦無駄話』白泉社
森恒英『艦船メカニズム図鑑』グランプリ出版
児島襄『日露戦争』文藝春秋
児島襄『大山巌』文藝春秋
塩野七生『マキアヴェッリ語録』新潮文庫
澁澤龍彦『幻想博物誌』河出書房新社
澁澤龍彦『私のプリニウス』河出書房新社
第2次大戦欧州戦史シリーズ1『ポーランド電撃戦』学研
第2次大戦欧州戦史シリーズ4『バルバロッサ作戦』学研
世界の艦船増刊『イギリス戦艦史』海人社
秦郁彦『世界諸国の制度・組織・人事　1840-1987』東京大学出版会
多門二郎『日露戦争日記』芙蓉書房出版
小田島雄志『シェイクスピア名言集』岩波ジュニア新書
ジュール・ヴェルヌ、窪田般彌訳『地底旅行』創元推理文庫

ジュール・ヴェルヌ、荒川浩充訳『海底二万里』創元推理文庫
ジョン・トーランド、向後英一訳『バルジ大作戦』早川書房
『歴史群像』二〇二四年二月号『日本陸軍のロジスティクス　日露戦争期の兵站の実態』
半藤一利『日露戦争史』平凡社
渡辺昇一『ドイツ参謀本部　その栄光と終焉』祥伝社新書

唯一無二の最強テイマー
〜国の全てのギルドで門前払いされたから、
他国に行ってスローライフします〜
原作：赤金武蔵　漫画：田村紘一
キャラクター原案：LLLthika
異世界還りのおっさんは
終末世界で無双する
原作：羽々音色　漫画：ダンタガワ
ジャガイモ農家の村娘、
剣神と謳われるまで。
原作：有郷　葉　漫画：たぢまよしかづ
キャラクター原案：黒兎ゆう

雷帝と呼ばれた
最強冒険者、
魔術学院に入学して
一切の遠慮なく無双する
原作：五月蒼　漫画：こばしがわ
キャラクター原案：マニャ子
どれだけ努力しても
万年レベル0の俺は
追放された
原作：蓮池タロウ　漫画：そらモチ
モブ高生の俺でも冒険者になれば
リア充になれますか？
原作：百均　漫画：さぎやまれん　キャラクター原案：hai

オルクセン王国史２
～野蛮なオークの国は、如何にして平和なエルフの国を焼き払うに至ったか～

発 行
2024年6月14日　初版発行

著 者
樽見京一郎

発行人
山崎　篤

発行・発売
株式会社一二三書房
〒101-0003　東京都千代田区一ツ橋 2-4-3 光文恒産ビル
03-3265-1881

編集協力
㈱セイラン舎／リッカロッカ 萩原清美

印 刷
中央精版印刷株式会社

作品の感想、ファンレターをお待ちしております。
〒101-0003　東京都千代田区一ツ橋 2-4-3 光文恒産ビル
株式会社一二三書房
樽見京一郎 先生／THORES 柴本 先生

Printed in Japan, ISBN 978-4-8242-0186-7 C0093
※本書は小説投稿サイト「小説家になろう」（https://syosetu.com/）に
掲載された作品を加筆修正し書籍化したものです。